JIDI MAJIA
WENJI
WO,
XUEBAO……

吉 狄 马 加 文 集
我，雪豹……

时代出版传媒股份有限公司
安徽文艺出版社

吉狄马加◎著

吉狄马加，是中国当代最具代表性的诗人之一，同时也是一位具有广泛影响的国际性诗人，其诗歌已被翻译成近四十种文字，在世界几十个国家出版了近九十种版本的翻译诗集。现任中国作家协会副主席、书记处书记。

主要作品：诗集《初恋的歌》《鹰翅与太阳》《身份》《火焰与词语》《我，雪豹……》《从雪豹到马雅可夫斯基》《献给妈妈的二十首十四行诗》《吉狄马加的诗》和《大河》（多语种长诗）等。

曾获中国第三届新诗（诗集）奖、郭沫若文学奖荣誉奖、庄重文文学奖、肖洛霍夫文学纪念奖、柔刚诗歌荣誉奖、国际华人诗人笔会中国诗魂奖、南非姆基瓦人道主义奖、欧洲诗歌与艺术荷马奖、罗马尼亚《当代人》杂志卓越诗歌奖、布加勒斯特城市诗歌奖、波兰雅尼茨基文学奖、英国剑桥大学国王学院银柳叶诗歌终身成就奖、波兰塔德乌什·米钦斯基表现主义凤凰奖、齐格蒙特·克拉辛斯基奖章、瓜亚基尔国际诗歌奖。

创办青海湖国际诗歌节、青海国际诗人帐篷圆桌会议、凉山西昌邛海国际诗歌周以及成都国际诗歌周。

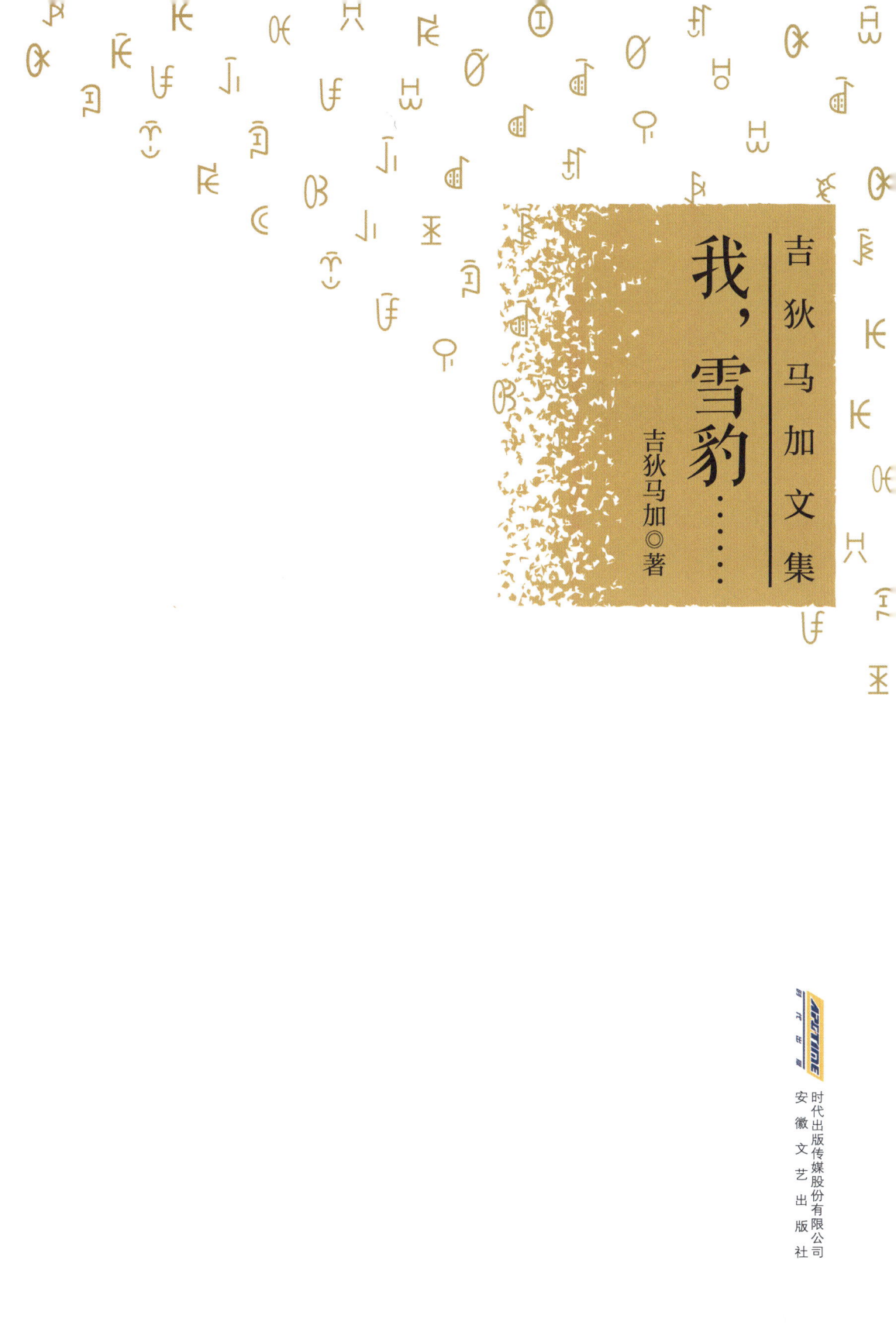

我，雪豹……

吉狄马加文集

吉狄马加 ◎ 著

时代出版传媒股份有限公司
安徽文艺出版社

图书在版编目（ＣＩＰ）数据

我，雪豹……/吉狄马加著.—合肥：安徽文艺出版社，2021.1
（吉狄马加文集）
ISBN 978-7-5396-6977-9

Ⅰ．①我… Ⅱ．①吉… Ⅲ．①诗集－中国－当代
Ⅳ．①I227

中国版本图书馆 CIP 数据核字(2020)第 096962 号

出 版 人：段晓静
策　　划：朱寒冬　段晓静　　　　统　筹：张妍妍
责任编辑：张妍妍　段　婧　　　　装帧设计：张诚鑫

出版发行：时代出版传媒股份有限公司　www.press-mart.com
　　　　　安徽文艺出版社　　　www.awpub.com
地　　址：合肥市翡翠路 1118 号　邮政编码：230071
营 销 部：(0551)63533889
印　　制：安徽新华印刷股份有限公司　　(0551)65859551

开本：700×1000　1/16　印张：22.25　字数：320 千字
版次：2021 年 1 月第 1 版
印次：2021 年 1 月第 1 次印刷
定价：88.00 元(精装)

(如发现印装质量问题，影响阅读，请与出版社联系调换)
版权所有，侵权必究

总序一

吉狄马加的天空

[阿根廷] 胡安·赫尔曼

声音依靠在三块岩石上

他将话语抛向火,为了让火继续燃烧。

一堵墙的心脏在颤抖

月亮和太阳

将光明和阴影洒在寒冷的山梁。

当语言将祖先歌唱

酒的节日在牦牛的角上

去了何方?

他们来自雪域

出现的轮回从未中断

因为他在往火里抛掷语言。

多少人在忍受

时间的酷刑

缺席并沉默的爱抚

在天的口上留下了伤痛。

于是最古老的土地

复活在一个蓝色语汇的皱褶里。

恐惧的栏杆巍然屹立

什么也不会在死亡中死去。

吉狄马加

生活在赤裸的语言之家里

为了让燃烧继续

每每将话语向火中抛去。

2009年8月22日于墨西哥城

(胡安·赫尔曼,阿根廷当代著名诗人,同时也是健在的拉丁美洲最伟大的诗人之一,2007年塞万提斯文学奖获得者。)

总序二

吉狄马加：世界多元文化的杰出产物

[立陶宛]托马斯·温茨洛瓦

千百年来，中国文学一直以十分独特的方式发展，几乎完全隔绝于西方的传统，造成这种情况的原因既有空间上的隔绝（长城是这种隔绝的标志），也有独特的社会结构的原因，以及很可能是首要的原因：象形文字的独特之处。另一方面，中华文化对其他远东文化有重要影响，而且经常是决定性的影响。中国文学发展孕育出的美妙果实就是发源于古代典籍的古代抒情诗。中华民族引以为傲的诗人，如屈原、陶渊明、李白和杜甫，在世界文化之中的地位可与荷马、贺拉斯、彼特拉克相提并论。17世纪以前，中国古典文学对于西方来说完全是陌生的。

在19世纪，尤其是20世纪，东西方都经历了大规模的对外开放：欧洲和美洲对中国兴趣浓厚，反之亦然。远东地区的诗歌开始影响世界现代文学，而西欧、美国、俄罗斯甚至波兰的诗歌新潮流也渗透进中国文化，尽管这一过程总会带有不小的延迟。扰乱这一进程的不仅是文化之间的巨大差异，还有中国所经历的极其复杂、艰难的发展道路。今天我们仍然荡舟于相互渗透的激流之中，吉狄马加的创作就证明了这一点。他是中国著名的当代诗人之一，也是中国文化中辨识度极高的人物之一。

吉狄马加的诗与众不同，尽管它同时也是新时代世界文化的特色产物。他用中文创作，却属于聚居在离越南和泰国不远的山区、人口800万左右的彝族。这样一来，可以说，诗人又离我们的文化远了一层，但对于欧洲读者来说他的诗很容易理解。

彝族使用的语言属于汉藏语系藏缅语族，有着独立的文字系统。彝族文化中保留着许多与万物有灵信仰有关的古老元素。直到现在彝族人都尊崇萨满（毕摩），他们负责主持出生、婚礼和葬礼等仪式。彝族人崇拜山神、树神和石神，以及四大元素，即火、水、土和气之神。

吉狄马加的导师是中国著名诗人艾青。吉狄马加早年熟读中国古典文学和20世纪文学，还有西方文学。然而他始终心系自己民族——彝族的文化及其原始迷人的、对世界各大洲人民来说全新的世界观的传承。他深切同情每一个命途多舛的民族，这对于许多欧洲人来说非常亲切。他的诗极具表现力，自由奔放，充满比喻，时常夸张化处理，属于后现代浪潮的"寻根文学"。吉狄马加在对民间艺术的痴迷中接近魔幻现实主义。他在作品中经常涉及欧洲、美国和非洲诗歌。读者很容易就能注意到作者的修辞风格与诗人巴勃罗·聂鲁达、奥克塔维奥·帕斯，以及"黑人精神"学派的关联性。在那里我们还能找到其与多位中东欧诗人，从切斯拉夫·米沃什到戴珊卡·马克西莫维奇的作品之间的互文关系。诗人将这些与中国乃至远东的传统联系在一起，尤其与彝族远古神话传说相结合，得到了奇妙和出人意料的效果。

努力想理解我们这个时代的读者,能够在吉狄马加的诗中找到许多值得思考、能引起共鸣的东西。

(托马斯·温茨洛瓦,立陶宛诗人、学者和翻译家,美国耶鲁大学斯拉夫语言文学系教授,与米沃什、布罗茨基并称"东欧文学三杰",被称为"欧洲伟大的在世诗人之一"。)

总序三

时光在碾碎时针

——向吉狄马加及其诗作致敬

[叙利亚]阿多尼斯

一

忧伤的字母,这今日世界的身躯,
其中时光在碾碎时针,
在告诉日子:
"我和一颗星星掷着骰子
我预言:药剂是否将成为疾病的诱因?
太空的邮差身披空气丝绸
往返穿梭,它在传递什么?"

二

我在为万物披上面纱吗?然而,
我遮盖自己脸庞的
是爱情的纱巾?
还是神主的纱巾?
道路并非我的道路,步伐并非我的步伐,

我该向一张面孔发问?
还是向一面镜子发问?
面孔何其少,镜子何其多!

三

此地或彼处,东方或西方
生命是否已成为臆想的迷宫?
天堂是否已将大门紧闭?

四

根底,根底的伤口,在字母的怀抱里,
在呼唤和期待
对所谓"永恒"的叛逆。

五

在死者和死者之间
还有人正在死去,为什么
杀手们遗忘了他的姓名?

六

我们终日劳作痛苦书写的书籍,
其中没有符号,没有音节
词语

在词语中繁衍,

在荒漠中飘散。

七

此刻,我信马由缰地翻阅,

目之所及皆是伤口:

星球在流血,被天启欺骗。

八

灰烬在祝贺废墟,

灰烬

忠实于自己的约定。

九

诗篇能否拥抱存在?

能否再次描绘存在的面容和皱纹?

诗的玫瑰在哭悼童年的朋友,在吟唱:

我只会凭借芬芳作战。

十

大地怎么变成了一个声音

它只会道出自己的死亡?

天空怎么变成了一道血迹

在每一张脸庞流淌?

2012年10月末于巴黎

(薛庆国译)

(阿多尼斯,生于1930年,阿拉伯世界最重要的诗人、思想家、文学理论家,享誉当今世界诗坛的诗歌巨匠。评论家认为,阿多尼斯对阿拉伯诗歌的影响,可以同庞德或艾略特对英语诗歌的影响相提并论。)

目 录

001 / 总序一　吉狄马加的天空

　　　　　　［阿根廷］胡安·赫尔曼

003 / 总序二　吉狄马加：世界多元文化的杰出产物

　　　　　　［立陶宛］托马斯·温茨洛瓦

006 / 总序三　时光在碾碎时针

　　　　　　［叙利亚］阿多尼斯

001 / 因为我曾梦想

002 / 嘉那玛尼石上的星空

007 / 一首诗的两种方式

010 / 我把我的诗写在天空和大地之间

013 / 木兰

014 / 羊驼

015 / 时间的流程

016 / 孔多尔神鹰

017 / 康杜塔花

018 / 火塘闪着微暗的火

020 / 身份

022 / 火焰与词语

024 / 无须让你原谅

026 / 朱塞培·翁加雷蒂的诗

028 / 我在这里等你

030 / 吉勒布特的树

032 / 你的气息

035 / 这个世界的旅行者

037 / 墓地上

039 / 沉默

041 / 诗歌的起源

043 / 那是我们的父辈

046 / 雪豹

048 / 分裂的自我

050 / 穿过时间的河流

051 / 影子

052 / 这一天总会来临

054 / 塞萨尔·巴列霍的墓地

056 / 写给母亲

057 / 追问

058 / **不死的缪斯**

060 / **致玛丽娜·茨维塔耶娃**

063 / **圣地和乐土**

066 / **我们的父亲**

070 / **无题**

071 / **雪的反光和天堂的颜色**

075 / **致祖国**

079 / **尼沙**

081 / **口弦**

083 / **河流**

086 / **我，雪豹……**

104 / **移动的棋子**

106 / **而我——又怎能不回到这里！**

108 / **耶路撒冷的鸽子**

109 / **寻找费德里科·加西亚·洛尔加**

111 / **致阿蒂拉·尤若夫**

113 / **重新诞生的莱茵河**

115 / **如果我死了……**

117 / **巨石上的痕迹**

119 / **纳木错湖的反光**

121 / **致酒**

123 / **我接受这样的指令**

124 / 契约

125 / 鹰的葬礼

126 / 盲人

127 / 铜像

128 / 流亡者

130 / 黑色

131 / 博格达峰的雪

132 / 刺穿的心脏

134 / 诗人的结局

137 / 致叶夫图申科

138 / 没有告诉我

139 / 献给妈妈的二十首十四行诗

155 / 谁也不能高过你的头颅

158 / 致马雅可夫斯基

177 / 不朽者

201 / 悬崖的边缘

202 / 从摇篮到坟墓

204 / 这个世界并非杞人忧天

206 / 致西湖

208 / 支格阿鲁

210 / 梦的重量

212 / 时间的入口

216 / 大河

225 / 石官古道

226 / 信仰的权利

230 / 纪念爱明内斯库

233 / 双重意义

235 / 在尼基塔·斯特内斯库的墓地

236 / 写给我在海尔库拉内的雕像

238 / 运河

240 / 我始终热爱弱小的事物

242 / 口弦的力量

243 / 马鞍的赞词

249 / 鹰的诞生和死亡

257 / 人性的缺失

259 / 叫不出名字的人

261 / 对我们而言

262 / 迟到的挽歌

275 / 一个人的克智

276 / 致尼卡诺尔·帕拉

278 / 一个士兵与一块来自钓鱼城的石头

281 / 商丘，没有结束的

283 / 但我的歌唱却只奉献给短暂的生命

284 / 而我们……

286 / 诗歌的密语……

288 / 暮年的诗人

290 / 致父辈们

292 / 姐姐的披毡

293 / 口弦大师

294 / 印第安人

296 / 尼子马列的废墟

298 / 我曾看见……

299 / 诗人

301 / 犹太人的墓地

303 / 何塞·马里亚·阿格达斯

306 / 悼胡安·赫尔曼

307 / 自由的另一种解释

308 / 死神与我们的速度谁更快

316 / 裂开的星球

因为我曾梦想
——我的新年贺词

让我们在期待明天的时候,
再看一眼渐渐远去的昨天吧;
因为我曾目睹——时间的面具,
怎样消失在宇宙无限的夜色之中。
而那些生命里最温暖的记忆,
却永远地埋葬在了昨天的某一个瞬间!

让我们在回望昨天的时候,
别忘了想象就要来临的明天吧;
因为我曾梦想——人类伟大的思想,
要比生命和死亡的永恒更为久长。
或许不要忧虑未来的日子是否充满了阴霾,
相信明天吧,因为所有的奇迹都可能出现!

嘉那玛尼石①上的星空

是谁在召唤着我们？
石头，石头，石头
那神秘的气息都来自石头
它的光亮在黑暗的心房
它是六字真言的羽衣
它用石头的形式
承载着另一种形式

每一块石头都在沉落
仿佛置身于时间的海洋
它的回忆如同智者的归宿
始终在生与死的边缘滑行
它的倾诉在坚硬的根部
像无色的花朵
悄然盛开在不朽的殿堂
它是恒久的纪念之碑
它用无言告诉无言
它让所有的生命相信生命　石头在这里
就是一本奥秘的书

---

① 嘉那玛尼石：玉树以嘉那命名的玛尼石堆，石头上均刻有藏语经文，其数量为藏区玛尼石之最，据不完全统计，有二十五亿块玛尼石。

无论是谁打开了首页
都会目睹过去和未来的真相
这书中的每一个词语都闪着光
雪山在其中显现
光明穿越引力,蓝色的雾霭
犹如一个缥缈的音阶

每一块石头都是一滴泪
在它晶莹的幻影里
苦难变得轻灵,悲伤没有回声
它是唯一的通道
它让死去的亲人,从容地踏上
一条伟大的旅程
它是英雄葬礼的真正序曲
在那神圣的超度之后
山峦清晰无比,牛羊犹如光明的使者
太阳的赞辞凌驾于万物
树木已经透明,意识将被遗忘
此刻,只有那一缕缕白色的炊烟
为我们证实
这绝不是虚幻的家园
因为我们看见
大地没有死去,生命依然活着
黎明时初生婴儿的啼哭
是这片复活了的土地
献给万物最动人的诗篇

嘉那玛尼石,我不了解
这个世界上还有没有比你更多的石头
因为我知道
你这里的每一块石头
都是一个不容置疑的个体生命
它们从诞生之日起
就已经镌刻着祈愿的密码
我真的不敢去想象
二十五亿块用生命创造的石头
在获得另一种生命形式的时候
其中到底还隐含着什么?

嘉那玛尼石,你既是真实的存在
又是虚幻的象征
我敢肯定,你并不是为了创造奇迹
才来到这个世界
因为只有对每一个个体生命的热爱
石头才会像泪水一样柔软
词语才能被微风千百次地吟诵
或许,从这个意义而言
嘉那玛尼石,你就是真正的奇迹
因为是那信仰的力量
才创造了这超越时间和空间的永恒

沿着一个方向,嘉那玛尼石

这个方向从未改变,就像刚刚开始
这是时间的方向,这是轮回的方向
这是白色的方向,这是慈航的方向
这是原野的方向,这是天空的方向
因为我已经知道
只有从这里才能打开时间的入口

嘉那玛尼石,在子夜时分
我看见天空降下的甘露
落在了那些新摆放的玛尼石上
我知道,这几千块石头
代表着几千个刚刚离去的生命
嘉那玛尼石,当我瞩望你的瞬间
你的夜空星群灿烂
庄严而神圣的寂静依偎着群山
远处的白塔正在升高
无声的河流闪动着白银的光辉
无限的空旷如同燃烧的凯旋
这时我发现我的双唇正离开我的身躯
那些神授的语言
已经破碎成无法描述的记忆
于是,我仿佛成为一个格萨尔传人
我的灵魂接纳了神秘的暗示

嘉那玛尼石,请你塑造我
是你把全部的大海注入了我的心灵

在这样一个蓝色的夜晚
我就是一只遗忘了思想和自我的海螺
此时,我不是为吹奏而存在
我已是另一个我,我的灵魂和思想
已经成为这片高原的主人
嘉那玛尼石,请倾听我对你的吟唱
虽然我不是一个合格的歌者
但我的双眼已经泪水盈眶!

一首诗的两种方式
——献给东方伟大的山脉昆仑山

雪山：金黄色的火焰(第一种方式)

在人迹罕至的可可西里

我曾有过这样的经历

那是夜色来临的秋天

一个人伫立在无边的旷野

有一座圣殿般的雪山

当我把它遥望，心中油然而生的

是对生命的敬意和感激

我并不感到寒冷，在那纯洁的山顶上

白雪燃烧成金色的火焰

而我的思想和欲望，正在变轻

虽然此刻，我已经无法看见

那遥远的星群，天空的幻象

是如何坠入黑暗的母腹

但我的身体和灵魂告诉我

同样在这个时辰，在这无限的宇宙空间

我正置身于这苍茫大地的中央

我知道，这是最后的选择

当我的舌尖传颂着神灵的赞辞

远方的大海停止了蓝色的渴望

我们是真正的雪族十二子①

刚刚从英雄的挽歌中复活

只有在这太阳永恒的领地

鸟的影子,生命的轮回

才能让我们的记忆变成永恒

在这样的夜晚,守望那山巅

传说闪耀着宁静的光辉

此时,我就像一个祭献者

泪流满面,尽管一无所有

因为我已经承诺我命运中的箴言

都将倾诉给黄昏的使者

我发现我的灵魂在寻找一个方向

穿过了山谷,穿过了透明的空气

穿过了原野,穿过了自由的王国

我看见它,像一只金色的神鹰

最终抵达了人类光明的入口!

圣殿般的雪山(第二种方式)

圣殿般的雪山

在可可西里的暮色上

燃烧着金色的火焰

我呼吸秋天无边的旷野

遥望星群以及天空的幻象

如何坠入黑暗的母腹

---

① 雪族十二子:彝族传说中,人类是由雪族十二子演化产生的。

我的思想和欲望,正在变轻
我知道,这是最后的选择
当我的舌尖传颂着神灵的赞辞
远方的大海停止了蓝色的渴望

我们是真正的雪族十二子
刚刚从英雄的挽歌中复活
只有在这太阳永恒的领地
鸟的影子,生命的轮回
才能让我们的记忆变成永恒

传说在山巅闪耀着宁静的光辉
此时,我就像一个祭献者
泪流满面,尽管一无所有
因为我已经承诺我命运中的箴言
都将倾诉给黄昏的使者

我发现我的灵魂在寻找一个方向
穿过了山谷,穿过了透明的空气
穿过了原野,穿过了自由的王国
我看见它,像一只金色的神鹰
最终抵达了人类光明的入口!

我把我的诗写在天空和大地之间

我把我的诗写在天空和大地之间,
那是因为,只有在这辽阔的天宇,
我才能书写这样的诗句。
其实,在这个奇迹诞生之前,时间的影子
也曾千百次地穿越我们。
我们是自然之子,是雪豹的兄弟,
是羚羊的化身,是尊贵的冠冕,
是那天幕上一颗永恒的祖母绿。
也许那是另一个我,像一个酋长,
青铜的额头上缀满着星星的宝石。
我想写,当我重返大地的子宫,
我看见我的诗,如同黄金和白银的饰带,
虽然没有声音,却泪珠闪烁。
原谅我,巴颜喀拉①的诸神,
今天我在黎明前就穿着盛装苏醒,
并不是像往日那样参加你的仪式,而我的
歌唱却正在成为人类幸福的赞歌。

我把我的诗写在天空和大地之间,
那是因为,神鹰的记忆是唯一的高度。

---

① 巴颜喀拉:指巴颜喀拉山,位于青藏高原的一座著名的山。

当光明和黑暗在星球的海洋里转换方向,
亘古不变的太阳,又是谁加冕于你,
让你成为真正的无冕之王?万物的首领。
就在这个梦想变成现实的底部,
无数的灵魂都曾将信仰的火草点燃,
劈开黑色的沟壑,渴望那一条条深沉的河流。
所有的生命都没有目的,我们一直在等待。
我们等待的石头依然是石头。
我们等待时间被时间证明后还是时间。
我们等待一个结束,
其实是另一个结束之前的开始。
我们的等待在杀死等待。
让词汇的意义相反,让缄默呐喊。
让刚刚诞生的生命,死于一千年前的今天。
我们的庆典,不是为了肉体孤独的那一部分,
我们是为那光明和温暖的使者已经来临,
他已经吹响了神圣的号角,像一只独角兽
站在那群山护卫的城郭上。

我把我的诗写在天空和大地之间,
那是因为,我的诞生就是诞生,
而我的死亡却不是死亡。
那是因为,我从遥远的未来返回,
我没有名字,我的名字就是这片高原的名字。
我把我的诗写在天空和大地之间,
我为红色的理想呼唤。我为红色的颜色

添加更多的红色。因为我早已热泪盈眶！
我知道，那是一群人类的英雄，
他们全部的壮举，并不为世人所知晓。
是他们打碎了一个远古的神话，而就在
这个神话的碎片还没有站起来的时候，
他们又创造了一个属于今天的神话。
我不能一一说出他们的名字，就如同我这个歌者
遗忘了自己的名字。
他们属于一个伟大的集体。他们高尚的灵魂，
已经嵌入了这片土地的身躯。
我相信，没有一句诗
能全部概括他们创造的伟业，
尽管如此，我还是要为他们
写出这篇赞美的颂词！

木　兰

你不是传说
你是传说铸造的真实
你不是故事
你是故事虚构的不朽
回来吧,回到日夜思念你的故乡
回来吧,回到充满爱情的家园
当时间在记忆中燃烧
那遥远的沙场,像梦一样
落日的眼泪,闪着黄金的光
木兰,是不是在一个瞬间
或者说在那出征的全部岁月
你已经将自己彻底地遗忘?
木兰,一个永远传之后世的名字
一个死去了却还活着的女人
让我们感谢你
就如同感谢你所经历过的
所有苦难和命运
是你让我相信,如果必须
面对生命和死亡的抉择
女人的勇气绝不逊色于男人
木兰,在这千百次复活你的舞台上
如果没有你的出现
这个世界也会变得黯然失色!

羊 驼

不知道为什么

远远地看去

它的身影充满着人的神态

并不是今天它才站在这里

它曾无数次地穿过

时间和历史的隧道

尽管它的祖先,在反抗压迫凌辱时

所选择的死亡方式从未改变

只有无言的抗争

以及岩石般的沉默

难怪何塞·马蒂这样讲

羊驼自己倒地而死

常常是为了捍卫生命的尊严

我还记得,当我从安第斯山归来

有人问我印第安人的形象

我便会不假思索地说:

先生……是的……多么像……

你在秘鲁遇见过的羊驼!

时间的流程
——致罗贝托·阿利法诺

曾有过这样的经历
当看见火焰渐渐熄灭的时候
只有更浓重的黑暗
吞噬了意识深渊里的海水
我有一个小小的发现
时间只呈现在空白里
否则我们必须目睹
影子如何在变长，太阳的光线
被铸成金币，在这个世界上
尽管无数的人都已经死亡
但这块闪光的金属却还活着
其实这并不能证明一个事实
它就能永远地存活下去……

孔多尔神鹰①

在科尔卡峡谷的空中
飞翔似乎将灵魂变重
因为只有在这样的高度
才能看清大地的伤口
你从诞生就在时间之上
当空气被坚硬的翅膀划破
没有血滴，只有羽毛的虚无
把词语抛进深渊
你是光和太阳的使者
把颂词和祖先的呓语
送到每一位占卜者的齿间
或许这绵绵的群山
自古以来就是你神圣的领地
你见证过屠杀、阴谋和迫害
你是苦难中的记忆，那俯瞰
只能是一个种族的化身
至高无上的首领，印第安人的守护神
因为你的存在，在火焰和黑暗的深处
不幸多舛的命运才会在瞬间消失！

---

① 孔多尔神鹰：安第斯山脉中最著名的巨型神鹰，被印第安人所敬畏和崇尚。

康杜塔花①

在高高的安第斯山上
你为谁而盛开?
或许这是一个不解的谜
当一千种声音
把你从四面八方包围
孤独的枝叶,在夜色中
将伸向星光的欲望变轻
黎明时分,晨露晶莹剔透
太阳的光芒,刺穿沉寂
那一尘不染的天空
没有回音,你终于
在大地的头颅中睡去
没有丝毫的犹豫,特立独行
就像一场轰轰烈烈的爱情
在等待漫长的瞬间
我知道,康杜塔花
印加帝国美丽的公主
只有听见那动人的排箫
你才会露出圣洁的脸庞

---

① 康杜塔花:印加帝国国花,据说它在听见印第安人的排箫时才会开放。

火塘闪着微暗的火

我怀念诞生,也怀念死亡。

当一轮月亮升起在吉勒布特①高高的白杨树梢。

在群山之上,在黑暗之上,那里皎洁的月光已将蓝色的天幕照亮。

那是记忆复活之前的土地,

我的白天和夜晚如最初的神话和传说。

在破晓的曙光中,毕阿史拉则②赞颂过的太阳,

像一个圣者用它的温暖,

唤醒了我的旷野和神灵,同样也唤醒了

我羊毛披毡下梦境正悄然离去的族人。

我怀念,我至死也怀念那样的夜晚,

火塘闪着微暗的火,亲人们昏昏欲睡,

讲述者还在不停地述说……我不知道谁能忘记!

我的怀念,是光明和黑暗的隐喻。

在河流消失的地方,时间的光芒始终照耀着过去,

当威武的马队从梦的边缘走过,那闪动白银般光辉的

马鞍终于消失在词语的深处。此时我看见了他们,

那些我们没有理由遗忘的先辈和智者,其实

他们已经成为这片土地自由和尊严的代名词。

---

① 吉勒布特:凉山彝族聚居区的一个地名,作者的故乡,彝语意为刺猬出没的土地。
② 毕阿史拉则:彝族历史上著名的祭司和文化传承人。

我崇拜我的祖先,那是因为

他们曾经生活在一个英雄时代,每一部

口述史诗都传颂着他们的英名。

当然,我歌唱过幸福,那是因为我目睹

远走他乡的孩子又回到了母亲身旁。

是的,你也看见过我哭泣,那是因为我的羊群

已经失去了丰盈的草地,我不知道明天它们会去哪里。

我怀念,那是因为我的忧伤,绝不仅仅是忧伤本身,

那是因为作为一个人,

我时常把逝去的一切美好怀念!

身 份
——致穆罕默德·达维希①

有人失落过身份

而我没有

我的名字叫吉狄马加

我曾这样背诵过族谱

……吉狄吉姆吉日阿伙……

……瓦史各各木体牛牛……

因此,我确信

《勒俄特依》②是真实的

在这部史诗诞生之前的土地

神鹰的血滴,注定

来自沉默的天空

而那一条,属于灵魂的路

同样能让我们,在记忆的黑暗中

寻找到回家的方向

难怪有人告诉我

在这个有人失落身份的世界上

我是幸运的,因为

我仍然知道

---

① 穆罕默德·达维希(1941—2008):当代最伟大的阿拉伯诗人,巴勒斯坦国歌词作者。
② 《勒俄特依》:彝族历史上著名的创世史诗。

我的民族那来自血液的历史

我仍然会唱

我的祖先传唱至今的歌谣

当然,有时我也充满着惊恐

那是因为我的母语

正背离我的嘴唇

词根的葬礼如同一道火焰

是的,每当这样的时候

达维希,我亲爱的兄弟

我就会陷入一种从未有过的悲伤

我为失去家园的人们

祈求过公平和正义

这绝不仅仅是因为

他们失去了赖以生存的土地

还因为,那些失落了身份的漂泊者

他们为之守望的精神故乡

已经遭到了毁灭!

火焰与词语

我把词语掷入火焰
那是因为只有火焰
能让我的词语获得自由
而我也才能将我的全部一切
最终献给火焰
(当然包括肉体和灵魂)
我像我的祖先那样
重复着一个古老的仪式
是火焰照亮了所有的生命
同样是火焰
让我们看见了死去的亲人
当我把词语
掷入火焰的时候
我发现火塘边的所有族人
正凝视着永恒的黑暗
在它的周围,没有叹息
只有雪族十二子的面具
穿着节日的盛装列队而过
他们的口语,如同沉默
那些格言和谚语滑落在地
却永远没有真实的回声
让我们惊奇的是,在那些影子中

真实已经死亡,而时间
却活在另一个神圣的地域
没有选择,只有在这样的夜晚
我才是我自己
我才是诗人吉狄马加
我才是那个不为人知的通灵者
因为只有在这个时刻
我舌尖上的词语与火焰
才能最终抵达我们伟大种族母语的根部!

无须让你原谅

不是我不喜欢
这高耸云端的摩天大楼
这是钢筋和水泥的奇迹
然而,不知道为什么
我从未从它那里
体味过来自心灵深处的温暖

我曾惊叹过
航天飞机的速度
然而,它终究离我心脏的跳动
是如此遥远
有时,不是有时,而是肯定
它给我带来的喜悦
要永远逊色于这个星球上
任何一个慈母的微笑

其实,别误会
并不是我对今天的现实
失去了鲜活的信心
我只是希望,生命与这个世界
能相互靠紧

我，雪豹……

想必我们都有过

这样的经历

在机器和静默的钢铁之间

当自我被囚禁

生命的呼吸似乎已经死去

当然，我也会承认

美好的愿望其实从未全部消失

什么时候能回到故乡？

再尝一尝苦荞和燕麦的清香

在燃烧的马鞍上，聆听

那白色的披毡和斗篷

发出星星坠落的声响

无须让你原谅

这就是我对生活的看法

因为时常有这样的情景

会让我长时间地感动

一只小鸟在暴风雨后的黄昏

又衔来一根根树枝

忙着修补温暖的巢！

朱塞培·翁加雷蒂[①]的诗

被神箭击中的橄榄核。

把沙漠变成透明的水晶。

在贝都因人的帐篷里,

从天幕上摘取星星。

头颅是宇宙的一束光。

四周的雾霭在瞬间消遁。

从词语深入词语。

从光穿透着光。

远离故土牧人的叹息。

河流一样清澈的悲伤。

骆驼哭泣的回声。

金亚麻的燃烧,有太阳的颜色。

死亡就是真正的回忆。

复活埋葬的是所有白昼的黑暗。

没有名字湖泊的渍盐。

天空中鹰隼的眼睛。

辽阔疆土永恒的静默。

尼罗河睡眠时的梦境。

---

① 朱塞培·翁加雷蒂(1888—1970):意大利隐逸派诗歌重要代表,出生在埃及一个意大利侨民家庭,在非洲度过童年和少年。他的诗歌抒发同代人的灾难感,偏爱富于刺激的短诗,把意大利古典抒情诗同现代象征主义诗歌的手法融为一体,刻画人物丰富的内心世界,表达了人和文明面临巨大灾难而产生的忧患。

他通晓隐秘的道路。
排除一切语言密码的伪装。

他是最后的巫师,话语被磁铁吸引。
修辞被锻打成铁钉,
光线扭曲成看不见的影像。
最早的隐喻是大海中出没的鲸。
是时间深处急遽的倒影。
一张没有鱼的空网。

那是大地的骸骨。

一串珍珠般的眼泪。

我在这里等你

我曾经不知道你是谁
但我却莫名地把你等待
等你在高原
在一个虚空的地带
宗喀巴①也无法预测你到来的时间
就是求助占卜者
同样不能从火烧的羊骨上
发现你神秘的踪迹和影子
当你还没有到来的时候
你甚至远在遥遥的天边
可我却能分辨出你幽暗的气息
虽然我看不见你的脸
那黄金的面具,黑暗的鱼类
远方大海隐隐的雷声
以及黎明时草原吹来的风
其实我在这里等你
在这个星球的十字路口上
已经有好长的时间了
我等你,没有别的目的

---

① 宗喀巴:藏传佛教格鲁派(黄教)的一代宗师,其佛学著作是藏传佛教中的经典,他的宗教思想对后世影响极为广泛。

我，雪豹……

仅仅是一个灵魂

对另一个灵魂的渴望！

吉勒布特的树

在原野上
是吉勒布特的树

树的影子
像一种碎片般的记忆
传递着
隐秘的词汇
没有回答
只有巫师的钥匙
像翅膀
穿越那神灵的
疆域

树枝伸着
划破空气的寂静
每一片叶子
都凝视着宇宙的
沉思和透明的鸟儿

当风暴来临的时候
马匹的眼睛
可有纯粹的色调?

那些灰色的头发和土墙
已经在白昼中消失

树弯曲着
在夏天最后一个夜晚
幻想的巢穴,飘向
这个地球更远的地方

这是黑暗的海洋
没有声音的倾听
在吉勒布特无边的原野
只有树的虚幻的轮廓
成为一束——唯一的光!

你的气息

你的气息弥漫在空间
你的气息充塞着时间的躯体
把齿痕留在大海的陡岸
把闪电植入沙漠的峰顶
在这样的时候
真的不知道你是谁
然而,却能真切地感觉到
灵魂在急速地下陷
堕入一个蓝色的地带
有时又会发现它在上升
就如同一个盲者的瞳孔
金色的光明正驶向未知的港湾

你的气息
是大地艾草的气息
它是我熟知的各种植物的颜色
它没有形体
也没有声音
每当它到来的时候
欲望开始复活,猛然苏醒
沉默的树发出渴望的声音
此时,还可以看见

远处群山的影子正在摇曳

那是永远起伏的波浪
那是大海的呻吟和燃烧
那是没有语言的呼唤
那是最原始的长调
那是鲸自由的弧线
那是贝壳从海底传来的呐喊
我知道,这永恒的飞翔和降落
像如光的箭矢
像火焰
像止不住的血
只有在那溶化恐惧和死亡的海滩
才能在瞬间找到遗忘的自己

我不知道,这是谁的气息?
为什么不为它的光临命名?
我似乎曾经嗅到过这种气息
它是野性的风暴和记忆
黑暗中的一串绿松石
春天里的种子
原野里的麝香
是大地更深处的玫瑰
在凡是能孕育生命的母腹上
都能触摸到
潮湿而光滑的水

这是谁的气息?
它笼罩着我,它覆盖着我
在我还没有真正醒来的时候
我真的不知道它是谁

这个世界的旅行者
——献给托马斯·温茨洛瓦①

从维尔纽斯出发,从立陶宛开始,
你的祖国,在墙的阴影里哭泣,没有
行囊。针叶松的天空,将恐惧
投向视网膜的深处。当虚无把流亡的

路途隐约照亮。唯有幽暗的词语
开始苏醒。那是一个真实的国度,死亡的
距离被磨得粉碎。征服、恫吓、饥饿,
已变得脆弱和模糊,喃喃低语的头颅

如黑色的苍穹。山毛榉、栗树和灯芯草
并非远离了深渊,只有疼痛和哑默
能穿越死亡的边界。伸出手,打开过
无数的站门。望着陌生的广场,一个

旅行者。最好忘掉壁炉里唑唑作响的
火苗,屋子里温暖的灯盏,书桌上
热茶的味道。因为无从知晓,心跳

---

① 托马斯·温茨洛瓦(1937—):立陶宛著名诗人、学者和翻译家。现为耶鲁大学斯拉夫语言文学系教授。他的诗歌已被译成二十多种语言,他也因此收获了诸多文学奖项和世界性声誉。欧美评论界称他为"欧洲最伟大的在世诗人之一"。

是否属于明天的曙光。在镜子的背后

或许是最后的诗篇,早已被命运
用母语写就。就像在童年,在家的门口。
一把钥匙。一张明信片。无论放逐有多么遥远,
你的眼睛里都闪烁着儿童才会有的天真。

墓地上
——献给戴珊卡·马克西莫维奇①

一棵巨大的
橡树,它的浓荫
覆盖着回忆

你平躺着
在青草和泥土的下面

当风从宇宙的
深处吹来
是谁在倾听?
通过每一片叶子
是谁在呼吸?
吹拂着黑暗的海洋

你的静默
又回到了源头,如同
水晶的雪
你思想的根须,悄然爬上了

---

① 戴珊卡·马克西莫维奇(1898—1992):南斯拉夫女诗人。她的诗歌有浓厚的浪漫主义情怀。她善于以细腻的笔法描绘内心精致的战栗。主要诗集有《芬芳的大地》《梦的俘虏》等。

这棵橡树的肩头

或许还要更高……

沉 默
——献给切斯瓦夫·米沃什①

为了见证而活着,
这并非活着的全部理由。
然而,当最后的审判还未到来,
你不能够轻易地死去。
在镜子变了形的那个悲伤的世纪,
孤独的面具和谎言,
隐匿在黑暗的背后,同时也
躲藏在光的阴影里。你啜饮苦难和不幸。
选择放逐,道路比想象遥远。
当人们以为故乡的土墙,
已成为古老的废墟。但你从未轻言放弃。
是命运又让奇迹发生在
清晨的时光,你的呼喊没有死亡。
在银色的鳞羽深处,唯有词语
正经历地狱的火焰,
那是波兰语言的光辉,它会让你
在黎明时看到粗糙的群山,并让灵魂

---

① 切斯瓦夫·米沃什(1911—2004):生于立陶宛,波兰著名诗人,1980年获诺贝尔文学奖。主要作品有《冬日之钟》《被禁锢的心灵》《波兰文学史》等,体裁涉及诗歌、散文、小说、政论等多种。

能像亚当·密茨凯维奇①那样,
伫立在阿喀曼草原的寂静中,依然听见
那来自立陶宛的声音。请相信母语的力量。
或许这就是你永恒的另一个祖国,
任何流放和判决都无法把它战胜。
感谢你全部诗歌的朴素和坚实,以及
蒙受苦难后的久久的沉默。在人类
理性照样存活的今天,是你教会了我们明白,
真理和正义为何不会终结。
你不是一个偶然,但你的来临
却让生命的耻辱和绝望,跨过了
——最后的门槛。

---

① 亚当·密茨凯维奇(1798—1855):波兰诗人、革命家,波兰文学最重要的奠基人。

诗歌的起源

诗歌本身没有起源,像一阵雾。
它没有颜色,因为它比颜色更深。
它是语言的失重,那儿影子的楼梯,
并不通向笔直的拱顶。
它是静悄悄的时钟,并不记录
生与死的区别,它永远站在
对立或统一的另一边,它不喜欢
在逻辑的家园里散步,因为
那里拒绝蜜蜂的嗡鸣,牧人的号角。
诗歌是无意识的窗纸上,一缕羽毛般的烟。
它不是鸟的身体的本身,
而是灰暗的飞翔的记忆。
它有起航的目标,但没有固定的港口。
它是词语的另一种历险和坠落。
最为美妙的是,就是到了行程的中途,
它也无法描述,海湾到达处的那边。
诗歌是星星和露珠,微风和曙光,
在某个灵魂里反射的颤动与光辉,
是永恒的消亡,持续的瞬间的可能性。
是并非存在的存在。
是虚无中闪现的涟漪。
诗歌是灰烬里微暗的火,透光的穹顶。

诗歌一直在寻找属于它的人,伴随生与死的轮回。
诗歌是静默的开始,是对 1 加 1 等于 2 的否定。
诗歌不承诺面具,它呈现的只是面具背后的叹息。
诗歌是献给宇宙的 3 或者更多。
是蟋蟀撕碎的秋天,是斑鸠的羽毛上洒落的
黄金的雨滴。是花朵和恋人的呓语。
是我们所丧失、所遗忘的一切人类语言的空白。
诗歌,睁大眼睛,站在
广场的中心,注视着一个个行人。
它永远在等待和选择,谁更合适?
据说,被它不幸或者万幸选中的那个家伙:
——就是诗人!

那是我们的父辈
——献给诗人艾梅·塞泽尔①

昨晚我想到了艾梅·塞泽尔,想到了一个令人尊敬的人。

昨晚我想到了所有返乡的人,

他们忧伤的目光充满着期待。

艾梅·塞泽尔,我真的不知道,这条回乡的道路究竟有多长?

但是我却知道,我们必须回去,

无论路途是多么遥远!

艾梅·塞泽尔,我已经在你黑色的意识里看见了,

你对于这个世界的悲悯之情。

因为凡是亲近过你的灵魂,看见过你的泪眼的生命个体,

无论他们是黑种人、白种人还是黄种人,

都会相信你全部的诗歌,就是一个种族离去和归来的记忆。

艾梅·塞泽尔,非洲的饥饿直到今天还张着绝望的嘴。我曾经相信过上
  帝的公平,然而在这个星球上,

还生活着许许多多不幸的人,

公平和正义却从未降临在他们的头上。

艾梅·塞泽尔,因为你我想到了我们彝人的先辈和故土,

想到了一望无际的群山和一条条深沉的河流。

还有那些瓦板屋。成群的牛羊。睁大眼睛的儿童。

---

① 艾梅·塞泽尔(1913—2008):具有世界影响的马提尼克黑人诗人和人道主义者,他首先提出了"黑人性",并一生高举黑人寻根,自尊自爱自强的旗帜。他也是马提尼克文学的创始者,他的《返乡笔记》是马提尼克和非洲黑人文学的基石。

原谅我,到如今我才知道,在逝去的先辈面前,

我们的生存智慧已经退化,我们的梦想

早已消失在所谓文明的天空。

毕阿史拉则的语言在陌生钢铁和水泥的季节里临界死亡。

而我们离出发的地点已经越来越远。

是的,艾梅·塞泽尔,我为我的父辈而骄傲。

因为他们还在童年的时候,就能熟背古老的

格言和劝解部族纷争的谚语。

他们的眼睛像鹰一样犀利。

他们自信的目光却又像湖泊一样平静。

他们的女人是最矜持的女人,每一圈朵洛荷舞①的身姿,

都能让大地滚动着白银的光辉。

那是我们的父辈:喜欢锃亮的快枪,

珍爱达里阿宗②那样的骏马,相信神圣的传统,坚信祖先的力量,

那无与伦比讲述故事的能力,来自部族千百年仪式的召唤。

他们热爱生命,更重要的是他们不怕死亡。

是的,艾梅·塞泽尔,我的父辈从未失去过对身份和价值的认同。

他们同样为自己的祖先充满着自豪。因为在他们口诵的家谱上,

已经记载着无数智者和德古③的名字。

他们赤着脚。像豹子一样敏捷。具备羚羊的速度。

在征战的时候,他们跳跃于茫茫的群山和峡谷。

那麂子般的触觉,能穿透黎明前的雾霭。

他们是鹰和虎豹的儿子。

---

① 朵洛荷舞:彝族一种古老的原始舞蹈。
② 达里阿宗:彝族历史上一匹名马的名字。
③ 德古:彝族部族中德高望重的人。

我，雪豹……

站在那高高的山顶，他们头上的英雄结①，就是一束燃烧的火焰。
是盐和看不见的山风塑造了矫健的形体。他们从诞生之日起，
就把自由和尊严埋进了自己的骨骼。他们是彝人在自己独有的创造史
　诗的时代之后，
留存下来的、最后的、伟大的自然之子和英雄的化身。
艾梅·塞泽尔，你没有死去，你的背影仍然在返乡的道路上前行。
你不会孤独。与你同行的是这个世界上成千上万的返乡人和那些永远
　渴望故土的灵魂！

---

① 英雄结：彝族男人的一种头饰。

雪　豹

失踪在雪域的空白里，
或许是影子消遁在大地的子宫，
梦的奔跑、急速、跳跃……
没有声音的跨度，那力量的身姿，
如同白天的光，永恒的弧形。

没有呜咽的银子，独行
在黎明的触角之间，只守望
祖先的领地和疆域，
远离铁的锈迹，童年时的记忆往返，
能目睹父亲的腰刀，
插进岩石的生命，聆听死亡的静默。

高贵的血统，冠冕被星群点燃，
等待浓雾散去，复活的号手，
每一个早晨，都是黄金的巫师，
吹动遗忘的颂词。从此
不会背离，法器握在时间之中，
是在谁的抽屉里？在闪电尖叫后，
签下了这一张今生和来世的契约。

光明的使臣，赞美诗的主角，

不知道一个诗人的名字,在哪个时刻,
穿过了灵魂的盾牌,尽管
意义已经捣碎成叶子。痛苦不堪一击。
无与伦比的王者,前额垂直着,
一串串闪光的宝石。谁能告诉我,
就在哪一个瞬间,我已经属于不朽?!

分裂的自我

我注定要置于分裂的状态
因为在我还没有选择的时候
在我的躯体里——诞生和死亡
就已经开始了殊死的肉搏
在我那黑色的意识
即将沉落的片刻
它的深渊却在升高
箭矢穿透的方向
既不朝向天堂！
更不面向地狱！
我的一部分脸颊呈现太阳的颜色
苦荞麦的渴望——
在那里自由地疯长
而我的另一部分脸颊
却被黑暗吞噬
消失在陌生城市的高楼之中
我的左耳能听见
一千年前送魂的声音
因为事实证明——
它能承受时间的暴力
它能用无形的双手
最快地握住——

那看不见的传统和血脉
它能把遗忘的词根
从那冰冷的灰烬中复活
然而,我的右耳却什么也听不见
是钢铁的声音已经将它杀死!
我的两只眼睛
一只充满泪水的时候
另一只干渴如同沙漠
那是我的眼睛
一只隐藏着永恒的——光明!
一只喷射出瞬间的——黑暗!
我的嘴唇是地球的两极
当我开口的时刻
世界只有死亡般的寂静
当我沉默寡言——
却有一千句谚语声如洪钟!
我曾拥有一种传承
而另一种方式却在我的背后
悄悄地让它消失
我永远在——差异和冲突中舞蹈
我是另一个吉狄马加
我是一个人
或者说——是另一只
不知名的——泪水汪汪的动物!

穿过时间的河流
——写给雕塑家张得蒂

那是我!

那是在某个时间的驿站没有离开的我

那是我的青春——犹如一只鸟儿

好长时间,我不知道它的去向

今天它又奇迹般地出现

那是我的眼睛——一片干净的天空!

那是我的目光——充满着幻想!

那是我的卷发——自由的波浪!

那是我的额头——多么年轻而又自信!

那是我的嘴唇——

亲吻过一个民族的群山和土地

也曾把美妙的诗句

在少女的耳旁低语

那是我羊毛编织的披毡——

父亲说:是雄鹰的翅膀!

那是我胸前的英雄绶带——

母亲说:预言了你的明天和未来!

那是我! 那一定是我!

是你用一双神奇的手,穿过时间的河流

紧紧地——紧紧地——

抓住了十八岁的——我!

影　子

我曾写下过这样的诗句
凡是人——
我们出生的时候
只有一种方式
无一例外，我们
都来自母亲的子宫
这或许——
就是命运用左手
在打开诞生
这扇前门的时候
它同时用右手
又把死亡的钥匙
递到了我们的手上
我常常这样想——
人类死去的方式
为什么千奇百怪？
完全超出了
大家的想象

巫师说：所有的影子都不相同
说完他就咬住了烧红的铧口！

这一天总会来临

有一天,
这一天总会来临,
我的灵魂会代表过去的日子,
向我的肉体致敬!
你看,从我诞生的那天开始,
肉体和灵魂就厮守在一起。

是灵魂这个寄居者,
找到了一间自己的屋子,
肉体更像永恒的面具,
也可以说它是另一张皮囊,
从最初衔来的嫩枝,
一直变成风烛残年的老巢。

你问,为什么我的一生充满幻想,
那是因为,灵魂和肉体,
长久地把我——当然
还有我的全部思想,
置放于爱和死亡的炉火煎熬。

灵魂飞跑的时候,
肉体的血液也在奔腾;

有时灵魂与恐惧不期而遇，
肉体屏住了呼吸，
那骤然的紧张，
超过了触电的战栗。
只有在偶尔的夜晚，
灵魂才暂时离开了它的花园，
梦游在洒满星光的原野。

当生命遭到生活中不幸的打击，
也许心被撕裂，
让我惊慌的却是——
哭泣者瞪大的眼睛。
只有无知者才会问我：
在肉体流出鲜血的时刻，
灵魂又偏偏被尖刀刺穿，
这两者的伤痛谁为更甚？

不过有一个秘密，
我会悄悄地告诉你：
如果肉体的欢愉，
没有灵魂与灵魂的如胶似漆，
这个世界的爱情都会死去！

塞萨尔·巴列霍①的墓地

黑石头叠在白石头上
在写这句诗时,你注定会把自己的骸骨
放错地方,那是在巴黎,秋天的风吹过
你的影子和孪生的心——
远远地在墙角站立,那饥饿的肉体
它已经在星期四的下午死去……

塞萨尔·巴列霍死了——
时间就在 1938 年 10 月 14 日这一天
他们把你埋在了巴黎——其实你还活着!
有人在另一个街区看见过你
行色匆匆,衣衫褴褛又肮脏
逐门挨户——你伸出手——不是为自己
有人拿走了穷人唯一的一块面包

你为不幸的人们呐喊,而上帝
却和你玩最古老的骰子游戏
谁能说——命运的赌徒——只饮苦难的黑杯
你曾告诉世界的孩子们

---

① 塞萨尔·巴列霍(1892—1938):秘鲁现代诗人,生于安第斯山区,父母皆有印第安人血统。他是秘鲁最重要的诗人,也是拉美现代诗最伟大的先驱之一。

我，雪豹……

假设——担心——西班牙从天上掉下来
然而却始终没有一双手
在你掉落深渊的一刹那——用大盘托住！

塞萨尔·巴列霍——
在圣地亚哥·德·丘科的故乡
我知道——你看见我了——伫立在你的墓地上
你的家人都在这里沉睡，午后的阳光
正跟随杂草的阴影留下一片虚空……
其实不用怀疑，你的遗骸虽然不在这里
可我能真实地感觉到——你的灵魂在哭泣！

写给母亲

你怎能抗拒那岁月的波涛
一次次将堤岸——锤打！
怎能抗拒你的眼睛——我的琥珀玛瑙
失去了少女时的光泽
怎能阻止时间的杀手，潜入光滑的肌肤
无法脱逃，这魔法般的力量
修长的身材，不等跨下新娘的马鞍
黑色的辫子，犹如转瞬即逝的闪电
已变成稀疏的青丝
低垂下疲倦的头，当下的事物已经模糊
童年的影子——陷入遥远的别离
青春的老屋——只从梦境里显现
闪光的银饰啊——彝人的女王
那百褶裙的波浪让忌妒黯然失色
你目睹了人世间的悲欢和离合
向这一切告别——还没让你真的回望
所有的同代的姊妹啊——
都已先后长眠在火葬地的灵床
是的，谁能安慰你——索取那逝去的日历！
是的，谁能给予你——那无法给予的慰藉！

追 问

从冷兵器时代——直到今天
人类对杀戮的方法
不断翻新——这除了人性的缺陷和伪善
还能找出什么更恰当的理由？

我从更低的地方
注视着我故乡的荞麦地
当微风吹过的时候
我看见——荞麦尖上的水珠儿闪闪发光
犹如一颗颗晶莹的眼泪！

不死的缪斯
——写给阿赫玛托娃①

我把你的头像刻在——一块木头上
你这俄罗斯的良心!
有人只看见了——
你的优雅、高贵和那来自骨髓深处的美丽
谁知道你也曾一次次穿过地狱!
那些诅咒过你的人——
不用怀疑——他们的尸骨连同流言蜚语
早已腐烂在时间的尘土
那是你!——寒风吹乱了一头秀发
你排着队,缓缓地行进在探监者的队伍
为了看一眼儿子,送去慈母的抚慰
你的肩头披着蔚蓝色的披肩
一双眼睛如同圣母的眼睛——
它们平静如初,就像无底的深潭
那是你!——炉火早已熄灭,双手已经冻僵
屋外的暴风雪吼叫着,开始拍打命运的窗棂
尽管它也无法预知——
明天迎接你的是生还是死。

---

① 阿赫玛托娃(1889—1966):20世纪俄苏最伟大的诗人之一,同时也被公认为世界最伟大的诗人之一。

我,雪豹……

你不为所动,还在写诗,由于兴奋和战栗
脸上泛起了少女时候才会有的红晕……

致玛丽娜·茨维塔耶娃[①]

你曾说一百年后
人们将会多么爱你
你也曾写下过——
那泪水一般晶莹的诗歌!
有谁看见你两片嘴唇翕动?
有谁听见你的哀号和叹息?
如果真的是这样——
在你的身旁,在那个瞬间
我们将会经受怎样的窒息?!

谁说要一百年后的那一天
才会有人去把你找寻
谁说要整整一百年的光景
一个灵魂与另一个灵魂
才能在那个时辰相遇
我不相信!因为在俄罗斯
在你生活过的寓所
我亲眼看见——一个小小的十字架
被你挂在了窗子的上方

---

① 玛丽娜·茨维塔耶娃(1892—1941):20世纪俄苏最伟大的诗人、散文家之一,也被公认为世界最伟大的诗人之一。

我,雪豹……

这或许就是宿命——早已注定
你这俄罗斯大地上真正的祭师
——将像上帝那样
背负着自己的十字架——紧咬着嘴唇!

茨维塔耶娃——诗歌女王!
无须再为你加冕
你的诗歌和名字一样沉重
你选择诗歌——
就如同选择养育你的语言
你完全有理由再次离去
(就是离去,你也将永远生活在
贫穷、拮据和无望的苦恋之中)
然而你却——
至死没有离开自己的祖国!

茨维塔耶娃,今天有无数苍白的诗人
在跟着你的诗句写诗
其实他们永远不会知道
他们偷走的只是几个简单的词句
因为他们不具备一颗
苦难、悲悯、狂乱和鲜血铸成的心!

茨维塔耶娃,我的姐姐——
无人知晓你真实的墓地
我只能仰望那辽阔无边的苍穹

用全部的心灵向你致意！
是你让我明白了——
如何写下肝肠寸断的诗句！

我，雪豹……

圣地和乐土

在那里。在那青海湖的东边，
风一遍遍，吹过了
被四季装点的节日。
尽管我找不到鸟儿飞行的方向，
但我却能从不同的地方，
远远地眺望到
那些星罗棋布的庄廓。
并且我还能看见，两只雪白的鸽子，
如同一对情侣般的天使，
一次又一次消失在时间的深处！
在那里——天空是最初的创造，
布满了彩陶云霓一样的纹路，
以及踩高跷人的影子，这样的庆典，
已经成为千年的仪式！
谁是这里的主人？野牦牛喉管里
喷射的鲜血，见证了公正无私的太阳，
是如何照亮了这片土地。
在那里。星月升起的时间已经很久，
传说净化成透明的物体。
这是人类在高处选择的
圣地和乐土。在这里——
河流的光影上涌动着不朽者

轮回的名字。这里不是宿命的开始，
而是一曲光明和诞生的颂歌。
无数的部族居住在这里，
把生和死雕刻成了神话。
在那里。在高原与高原的过渡地带，
为了生命的延续，颂词穿越了
虚无的城池，最终抵达了
生殖力最强的流域。在那里——
小麦的清香从远处传来，温暖的
灶坑里烘烤着金黄的土豆。
在那里——花儿与少年，从生唱到死，
从死唱到生，它是这个世界
最为动人心魄的声音！
不知有多少爱情的故事，
在他(她)们的对唱中，潜入了
万物的灵魂和骨髓。在那里——
或许也曾有过小小的纷争，
但对于千百年来的和睦共处，
它们又是多么微乎其微。
是伟大的传统和历史的恩赐，给予了
这里的人民无穷无尽的生存智慧！
在那里——在那青海湖的东边，
在那一片高原谷地，或许这一切，
总有一天都会成为一种记忆。
但是这一切，又绝不仅仅是这些。
因为在这个星球上，直到今天

人类间的杀戮并没有消失和停止。
在那里——在那青海湖的东边!
人类啊!这是比黄金更宝贵的启示,
它让我们明白了一个真理,
那就是永久的和平和安宁,只能来自
包容、平等、共生、互助和对生命的尊重!

而不会再有其他!

我们的父亲
——献给纳尔逊·曼德拉

我仰着头——想念他！
只能长久地望着无尽的夜空
我为那永恒的黑色再没有回声
而感到隐隐的不安,风已经停止了吹拂
只有大海的呼吸,在远方的云层中
闪烁着悲戚的光芒
是在一个片刻,还是在某一个瞬间
在我们不经意的时候
他已经站在通往天堂的路口
似乎刚刚转过身,在向我们招手
脸上露出微笑,这是属于他的微笑
他的身影开始渐渐地远去
其实,我们每一个人都知道
他要去的那个地方,就是灵魂的安息之地
那个叫库努的村落,正准备迎接他的回归
纳尔逊·曼德拉——我们的父亲
当他最初离开这里的时候,在那金色的阳光下
一个黑色的孩子,开始了漫长的奔跑
那个孩子不是别人——那是他昨天的影子
一双明亮的眼睛,注视着无法预知的未来
那是他童年的时光被记忆分割成的碎片

他的双脚赤裸着,天空中的太阳
在他的头顶最终成为一道光束
只有宇宙中坠落的星星,才会停留在
黑色部族歌谣的最高潮
只有那永不衰竭的舞蹈的节奏
能够遗忘白色,找到消失的自信
为了祖先的祭品,被千百次地赞颂
所有的渴望,只有在被夜色
全部覆盖的时候,才会穿越生和死
从这里出发,就是一种宿命
他将从此把自己的生命——与数以千万计的
黑色大众的生命联系在一起
他将不再为自己而活着,并时刻准备着
为一个种族的解放而献身
从这里出发,只能做如下的选择
选择死——因为生早已成为偶然
选择别离——因为相聚已成为过去
选择流亡——因为追逐才刚刚开始
选择高墙——因为梦中才会出现飞鸟
选择呐喊——因为沉默在街头被警察杀死
选择镣铐——因为这样更多的手臂才能自由
选择囚禁——因为能让无数的人享受新鲜的空气
为了这样一个选择,他只能义无反顾
因为他的选择,用去的时间——
不会是一天,也不会是一年,而将是漫长的岁月
就是他本人也根本不会知道

他梦想的这一天将会在何时真的到来
谁会知道？一个酋长的儿子
将从这里选择一条道路，从那一天开始
就是这样一个人，已经注定改变了二十世纪的历史
是的，从这里出发，尽管这条路上
陪伴他的将是监禁、酷刑、迫害以及随时的死亡
但是他从未放弃，当他从那——
牢狱的窗户外听见大海的涛声
他曾为人类为追求自由和平等的梦想而哭泣
谁会知道？一个有着羊毛一样卷发的黑孩子
曾经从这里出发，然而他始终只有一个目标
那就是带领大家，去打开那一扇——
名字叫自由的沉重的大门！
为了这个目标，他九死一生从未改变
谁会知道？就是这个黑色民族的骄子
不，他当然绝不仅仅属于一个种族
是他让我们明白了一个真理，那就是爱和宽恕
能将一切仇恨的坚冰融化
而这一切，只有他，因为他曾经被另一个
自认为优越的种族国家长时间地监禁
而他的民族更是被奴役和被压迫的奴隶
只有他，才有这样的资格——
用平静而温暖的语言告诉人类
——"忘记仇恨"！
我仰着头——泪水已经模糊了双眼
我长时间注视的方向，在地球的另一边

我,雪豹……

我知道——我们的父亲——他就要入土了
他将被永远地安葬在那个名字叫库努的村落
我相信,因为他——从此以后
人们会从这个地球的四面八方来到这里
而这个村落也将会因此成为人类良心的圣地!

无 题
——致诺尔德

我们都拥有过童年的时光
那时候,你的梦曾被巍峨的雪山滋养
同样是在幻想的年龄,宽广的草原
从一开始就教会了你善良和谦恭
当然更是先辈们的传授,你才找到了
打开智慧之门的钥匙
常常有这样的经历,一个人呆望着天空
而心灵却充盈着无限的自由
诺尔德,但今天当我们回忆起
慈母摇篮边充满着爱意的歌谣
生命就如同那燃烧的灯盏,转瞬即逝
有时候它更像太阳下的影子,不等落日来临
就已经消失得无影无踪
亲爱的朋友,我们都是文字的信徒
请相信人生不过是一场短暂的戏剧
唯有精神和信仰创造的世界
才能让我们的生命获得不朽的价值!

雪的反光和天堂的颜色

一

这是门的孕育过程
是古老的时间,被水净洗的痕迹
这是门——这是门!
然而永远看不见
那隐藏在背后的金属的叹息
这是被火焰铸造的面具
它在太阳的照耀下
弥漫着金黄的倦意
这是门——这是门!
它的质感就如同黄色的土地
假如谁伸手去抚摸
在这高原永恒的寂静中
没有啜泣,只有长久的沉默……

二

那是神鹰的眼睛
不,或许只有上帝
才能从高处看见,这金色的原野上
无数的生命被抽象后
所形成的斑斓的符号

遥远的迁徙已经停止
牛犊在倾听小草的歌唱
一只蚂蚁缓慢地移动
牵引着一丝来自天宇的光

三

蓝色,蓝色,还是蓝色
在这无名的乡间
这是被反复覆盖的颜色
这是蓝色的血液,没有限止地流淌
最终凝固成的生命的意志
这是纯粹的蓝宝石,被冰冷的燃烧熔化
这是蓝色的睡眠——
在深不可测的潜意识里
看见的最真实的风暴!

四

风吹拂着——
在这苍秋的高空
无疑这风是从遥远的地方吹来的
只有在风吹拂着的时候
而时间正悄然滑过这样的季节
当大雁从村庄的头顶上飞过
留下一段不尽的哀鸣
此时或许才会有人目睹
在那经幡的一面——生命开始诞生

而在另一面——死亡的影子已经降临!

五

你的雪山之巅
仅仅是一个象征,它并非现实的存在
因为现实中的雪山,它的冰川
已经开始不可逆转地消失
谁能忍心为雪山致一篇悼词?
为何很少听见人类的忏悔?
雪山之巅,反射出幽暗的光芒
它永远在记忆和梦的边缘浮现
但愿你的创造是永恒的
因为你用一支抽象的画笔
揭示并记录了一个悲伤的故事!

六

那是疯狂的芍药
跳荡在大地生殖力最强的部位
那是云彩的倒影,把水的词语
书写在紫色的疆域
穿越沙漠的城市,等待河流的消息
没有选择,闪光的秋叶
摇动着羚羊奔跑的箭矢
疾风中的牦牛,冰川时期的化石
只有紧紧地握住手中的法器
占卜的神枝才会敲响预言的皮鼓

七

你告诉我高原的夜空
假如长时间地去注视
就会发现,肉体和思想开始分离
所有的山、树木、岩石都白银般剔透
高空的颜色,变幻莫测,隐含着暗示
有时会听见一阵遥远的雷声
我们都不知道什么是最后的审判
但是,当我们仰望着这样的夜空
我们会相信——
创造这个世界的力量确实存在
而最后的审判已经开始……

八

谁看见过天堂的颜色?
这就是我看见的天堂的颜色,你肯定地说!
首先我相信天堂是会有颜色的
而这种颜色一定是温暖的
我相信这种颜色曾被人在生命中感受过
我还相信这种颜色曾被我们呼吸
毫无疑问,它是我们灵魂中的另一个部分
因为你,我开始想象天堂的颜色
就如同一个善于幻想的孩子
我常常闭着眼睛,充满着感激和幸福
有时泪水也会不知不觉地夺眶而出……

致祖国

我的祖国
是东方的一棵巨人树
那黄色的土地上,永不停息地
流淌着的是一条条金色的河流
我的祖国
那纯粹的蓝色
是天空和海洋的颜色
那是一只鸟,双翅上
闪动着黄金的雨滴
正在穿越黎明的拂晓

我的祖国,在神话中成长
那青铜的树叶
发出过千百次动人的声响
我的祖国,从来
就不属于一个民族
因为她有五十六个儿女
而我的民族,那五十六分之一
却永远属于我的祖国

我的祖国的历史
不应该被随意割断

无论她承载的是
光辉的年轮,还是屈辱的生活
因为我的祖国的历史
是一部完整的历史
当我们赞颂唐朝的时候
又怎能遗忘元朝开辟过的疆域
当我们梦回宋词的国度
在那里寻找文字的力量
又怎能真的去轻视
大清的伟业,不凡的气度
我说我的祖国的历史,是一部
完整的历史,那是因为我把这一切
都看成是我的祖国
血肉之躯不可分割的部分

我的祖国,我想对你说
当有一天你需要并选择我们
你的选择,一定不是简单的
由于地域的因素,不同的背景
不仅仅是因为我们来自哪一个民族
同样也不要因为我们的族别
而让我们,失去了真正平等竞争的机会
我的祖国,我希望我们对你的
一万个忠诚,最终换来的
是你对我们的百分之百的信任

我的祖国

那优美的合唱,已经被证明

是五十六个民族语言的总和

离开其中任何一位歌手的参与

那壮丽的和声都不完美

就如同我的民族的声音

或许它来自遥远的边缘

但是它的存在

却永远不可或缺

就如同我们彝人古老的文字

它所记载的所有的一切

毫无疑问,都已成为

你那部辉煌巨著中的

足以让人自豪的不朽的篇章

我的祖国,请原谅

我的大胆和诗人才会有的真实

我希望你看中我们的是,而只能是

作为一个人所具有的高尚的品质

卓越的能力,真正摒弃了自私和狭隘

以及那无与伦比的,蕴含在

个体生命之中的,最为宝贵的

能为这个国家和大众去服务的牺牲精神

我的祖国,我希望并热忱地期待着

你看中我们的是,当然也只能是

我们对你的忠诚,就像

血管里的每一滴鲜血
都来自正在跳动的心脏
而永远不会是其他!

尼 沙

尼沙,是一个人的名字?
或者说仅仅是一个词
没有任何实际的意义
要不就是一个真实的存在
是这个地球七十多亿人口中的一分子
不知道,是不是更早的时候
你们曾漫步街头
你们曾穿越雨季
要不直到如今,你还怅然若失
还能回想起那似乎永远
遗失了的碎片般的踪迹
或许这一切仅仅是个假设
尼沙,注定将擦肩而过
当一列火车疾驰穿过站台
送行者的眼睛已被泪水迷蒙
再也听不到汽笛的鸣叫
这片刻更像置身于虚幻的场景
当然,这可能也是一个幻觉
尼沙,或许从未存在过
无论是作为一个人,还是
作为语言中一个不存在的词
它只是想象中的一种记忆

永远无法判定有多少真实的成分
因为隔着时空能听到的
只是久远的模糊的声音
我不知道,你是否真的
开始过无望的漫长的寻找
如果不是命运真的会再给你一次机会
可以肯定,你敲开的每一扇门
它只会通向永恒的虚无,在那里
有的只是消失在时间深处的影子
你不会找到半点你需要的东西
尼沙,是一个真实的存在还是幻想
我想,无须再去寻找更多的证据
因为从那双动人的眼睛里,是你
看见过沙漠黎明时的微光
闪耀着露水般晶莹的涟漪,你的
脸庞曾被另一个生命分泌的气味和物质
笼罩,那裙裾飘动着,有梦一样的暗花
你还记得,你匍匐在这温暖的沙漠上
畅饮过人世间最美最甜的甘泉
而这一切,对你而言已经足够

尼沙,是否真的存在并不重要……

我，雪豹……

口　弦①

弹拨口弦的时候

黑暗笼罩着火塘。

伸手不见五指

只有口弦的声音。

口弦的弹奏

是一种隐秘的词汇

是被另一个听者

捕获的暗语。

它所表达的意义

永远不会，停留在

空白的地域。

它的弹拨

只有口腔的共鸣。

它的音量

细若游丝，

它是这个世界

最小的民族乐器。

一旦口弦响起来

在寂静的房里

---

① 口弦：彝族人的一种古老乐器，用竹片或铜片做成，演奏时用口腔共鸣，音色优美，声音微弱而细小。

它的倾诉,就会
占领所有的空间。
它不会选择等待
只会抵达,另一个
渴望中的心灵。
口弦从来不是
为所有的人弹奏。
但它微弱的诉说
将会在倾听者的灵魂里
掀起一场
看不见的风暴!

河　流

阿合诺依①——
你这深沉而黑色的河流
我们民族古老的语言
曾这样为你命名!

你从开始就有别于
这个世界其他的河流
你穿越我们永恒的故土
那高贵庄严的颜色
闪烁在流动着的水面

你流淌着
在我们传诵的史诗中
已经有数千年的历史
或许这个时间
还要更加久长

我们的祖先
曾在你的岸边憩息

---

① 阿合诺依:彝语的意思是黑色幽深的河流,这里指中国西南部的金沙江,是作者故乡的一条大河。

是你那甘甜的乳汁
让他们遗忘了
漫长征途的艰辛,以及
徐徐来临的倦意
他们的脸庞,也曾被
你幽深的灵魂照亮

你奔腾不息
在那茫茫的群山和峡谷
那仁慈宽厚的声音
就如同一支歌谣
把我们忧郁的心抚慰
在渐渐熄灭的火塘旁
当我们沉沉地睡去
潜入无边的黑暗
只有你会浮现在梦中
那黑色孕育的光芒
将把我们所有的
苦难和不幸的记忆
全部地一扫而空

阿合诺依——我还知道
只要有彝人生活的地方
就不会有人,不知晓
你这父亲般的名字
我们的诗歌,赞颂过

我,雪豹……

无数的河流
然而,对你的赞颂
却比它们更多!

我，雪豹……

——献给乔治·夏勒①

一

流星划过的时候

我的身体，在瞬间

被光明烛照，我的皮毛

燃烧如白雪的火焰

我的影子，闪动成光的箭矢

犹如一条银色的鱼

消失在黑暗的苍穹

我是雪山真正的儿子

守望孤独，穿越了所有的时空

潜伏在岩石坚硬的波浪之间

我守卫在这里——

在这个至高无上的疆域

毫无疑问，高贵的血统

已经被祖先的谱系证明

我的诞生——

是白雪千年孕育的奇迹

---

① 乔治·夏勒(1933—)：美国动物学家、博物学家、自然保护主义者和作家。他曾被美国《时代周刊》评为世界上三位最杰出的野生动物研究学者之一，也是世界公认的最杰出的雪豹研究专家。

我的死亡——
是白雪轮回永恒的寂静
因为我的名字的含义：
我隐藏在雾和霭的最深处
我穿行于生命意识中的
另一个边缘
我的眼睛底部
绽放着呼吸的星光
我思想的珍珠
凝聚成黎明的水滴
我不是一段经文
刚开始的那个部分
我的声音是群山
战胜时间的沉默
我不属于语言在天空
悬垂着的文字
我仅仅是一道光
留下闪闪发亮的纹路
我忠诚诺言
不会被背叛的词语书写
我永远活在
虚无编织的界限之外
我不会选择离开
即便雪山已经死亡

二

我在山脊的剪影,黑色的
花朵,虚无与现实
在子夜的空气中沉落

自由地巡视,祖先的
领地,用一种方式
那是骨血遗传的密码

在晨昏的时光,欲望
就会把我召唤
穿行在隐秘的沉默之中

只有在这样的时刻
我才会去,真正重温
那个失去的时代……

三

望着坠落的星星
身体漂浮在宇宙的海洋
幽蓝的目光,伴随着
失重的灵魂,正朝着
永无止境的方向上升
还没有开始——
闪电般地纵身一跃

充满强度的脚趾

已敲击着金属的空气

谁也看不见,这样一个过程

我的呼吸、回忆、秘密的气息

已经全部覆盖了这片荒野

但不要寻找我,面具早已消失……

四

此时,我就是这片雪域

从吹过的风中,能聆听到

我骨骼发出的声响

一只鹰翻腾着,在与看不见的

对手搏击,那是我的影子

在光明和黑暗的

缓冲地带游离

没有鸟无声地降落

在那山谷和河流的交汇处

是我留下的暗示和符号

如果一只旱獭

拼命地奔跑,但身后

却看不见任何追击

那是我的意念

已让它感到了危险

你在这样的时刻

永远看不见我,在这个

充满着虚妄、伪善和杀戮的地球上

我从来不属于
任何别的地方!

五

我说不出所有
动物和植物的名字
但这却是一个圆形的世界
我不知道关于生命的天平
应该是,更靠左边一点
还是更靠右边一点,我只是
一只雪豹,尤其无法回答
这个生命与另一个生命的关系
但是我却相信,宇宙的秩序
并非来自偶然和混乱
我与生俱来——
就和岩羊、赤狐、旱獭
有着千丝万缕的依存
我们不是命运——
在拐弯处的某一个岔路
而更像一个捉摸不透的谜语
我们活在这里已经很长时间
谁也离不开彼此的存在
但是我们却惊恐和惧怕
追逐和新生再没有什么区别……

六

我的足迹,留在
雪地上,或许它的形状
比一串盛开的
梅花还要美丽
或许它是虚无的延伸
因为它,并不指明
其中的奥妙
也不会预言——
未知的结束
其实生命的奇迹
已经表明,短暂的
存在和长久的死亡
并不能告诉我们
它们之间谁更为重要
这样的足迹,不是
占卜者留下的,但它是
另一种语言,能发出
寂静的声音
唯有起风的时刻,或者
再来一场意想不到的大雪
那些依稀的足迹
才会被一扫而空……

七

当我出现的刹那
你会在死去的记忆中
也许还会在——
刚要苏醒的梦境里
真切而恍惚地看见我：
是太阳光的反射,光芒的银币
是岩石上的几何,风中的植物
是一朵玫瑰流淌在空气中的颜色
是一千朵玫瑰最终宣泄成的瀑布
是静止的速度,黄金的弧形
是柔软的时间,碎片的力量
是过渡的线条,黑色+白色的可能
是光铸造的酋长,穿越深渊的0
是宇宙失落的长矛,飞行中的箭
是被感觉和梦幻碰碎的
某一粒逃窜的晶体
水珠四溅,色彩斑斓
是勇士佩戴上一颗颗通灵的贝壳
是消失了的国王的头饰
在大地子宫里的又一次复活

八

二月是生命的季节
拒绝羞涩,是燃烧的雪

泛滥的开始

野性的风，吹动峡谷的号角

遗忘名字，在这里寻找并完成

另一个生命诞生的仪式

这是所有母性——

神秘的词语和诗篇

它只为生殖之神的

降临而吟诵……

追逐　离心力　失重　闪电　弧线

欲望的弓　切割的宝石　分裂的空气

重复的跳跃　气味的舌尖　接纳的坚硬

奔跑的目标　颌骨的坡度　不相等的飞行

迟缓的光速　分解的摇曳　缺席的负重

撕咬　撕咬血管的磷　齿唇的馈赠

呼吸的波浪　急遽地升起　强烈如初

捶打的舞蹈　临界死亡的牵引　抽空　抽空

想象　地震的战栗　奉献　大地的凹陷

向外渗漏　分崩离析　喷泉　喷泉　喷泉

生命中坠落的倦意　边缘的颤抖　回忆

雷鸣后的寂静　等待　群山的回声……

九

在峭壁上舞蹈

黑暗的底片

沉落在白昼的海洋

从上到下的逻辑

跳跃虚无与存在的山涧

自由的领地

在这里只有我们

能选择自己的方式

我的四肢攀爬

陡峭的神经

爪子踩着岩石的

琴键,轻如羽毛

我是山地的水手

充满着无名的渴望

在我出击的时候

风速没有我快

但我的铠甲却在

空气中唑唑发响

我是自由落体的王子

雪山十二子的兄弟

九十度地往上冲刺

一百二十度地骤然下降

是我有着花斑的长尾

平衡了生与死的界限……

十

昨晚梦见了妈妈

她还在那里等待,目光幽幽

我们注定是——

孤独的行者

两岁以后，就会离开保护

独自去证明

我也是一个将比我的父亲

更勇敢的武士

我会为捍卫我的高贵血统

以及那世代相传的

永远不可被玷污的荣誉

而流尽最后一滴血

我们不会选择耻辱

就是在决斗的沙场

我也会在临死前

大声地告诉世人

——我是谁的儿子！

因为祖先的英名

如同白雪一样圣洁

从出生的那一天

我就明白——

我和我的兄弟们

是一座座雪山

永远的保护神

我们不会遗忘——

神圣的职责

我的梦境里时常浮现的
是一代代祖先的容貌
我的双唇上飘荡着的
是一个伟大家族的
黄金谱系!

我总是靠近死亡,但也凝视未来

十一

有人说我护卫的神山
没有雪灾和瘟疫
当我独自站在山巅
在目光所及之地
白雪一片清澈
所有的生命都沐浴在纯净的
祥和的光里。远方的鹰
最初还能看见,在无际的边缘
只剩下一个小点,但是,还是同往常一样
在蓝色的深处,消失得无影无踪
在不远的地方,牧人的炊烟
袅袅轻升,几乎看不出这是一种现实
黑色的牦牛,散落在山坳的低洼中
在那里,会有一些紫色的雾霭,飘浮
在小河白色冰层的上面
在这样的时候,灵魂和肉体已经分离
我的思绪,开始忘我地飘浮

方力钧◎绘

此时，仿佛能听到来自天宇的声音
而我的舌尖上的词语，正用另一种方式
在这苍穹巨大的门前，开始
为这一片大地上的所有生灵祈福……

十二

我活在典籍里，是岩石中的蛇
我的命是一百匹马的命，是一千头牛的命
也是一万个人的命。因为我，隐蔽在
佛经的某一页，谁杀死我，就是
杀死另一个看不见的、成千上万的我
我的血迹不会留在巨石上，因为它
没有颜色，但那样仍然是罪证
我销声匿迹，扯碎夜的帷幕
一双熄灭的眼，如同石头的内心一样隐秘
一个灵魂独处，或许能听见大地的心跳？
但我还是只喜欢望着天空的星星
忘记了有多长时间，直到它流出了眼泪

十三

一颗子弹击中了
我的兄弟，那只名字叫白银的雪豹
射击者的手指，弯曲着
一阵沉闷的牛角的回声
已把死亡的讯息传遍了山谷
就是那颗子弹

我们灵敏的眼睛，短暂地失忆
虽然看见了它，像一道红色的闪电
刺穿了焚烧着的时间和距离
但已经来不及躲藏
黎明停止了喘息
就是那颗子弹
它的发射者的头颅，以及
为这个头颅供给血液的心脏
已经被罪恶的账簿冻结
就是那颗子弹，像一滴血
就在它穿透目标的那一个瞬间
射杀者也将被眼前的景象震撼
在子弹飞过的地方
群山的哭泣发出伤口的声音
赤狐的悲鸣再没有停止
岩石上流淌着晶莹的泪水
蒿草吹响了死亡的笛子
冰河在不该碎裂的时候开始巨响
天空出现了地狱的颜色
恐惧的雷声滚动在黑暗的天际

我们的每一次死亡，都是生命的控诉！

十四

你问我为什么坐在岩石上哭
无端地哭，毫无理由地哭

其实,我是想从一个词的反面

去照亮另一个词,因为此时

它正置身于泪水充盈的黑暗

我要把埋在岩石阴影里的头

从雾的深处抬起,用一双疑惑的眼睛

机警地审视危机四伏的世界

所有生存的方式,都来自祖先的传承

在这里古老的太阳,给了我们温暖

伸手就能触摸的,是低垂的月亮

同样是它们,用一种宽厚的仁慈

让我们学会了万物的语言,通灵的技艺

是的,我们渐渐地已经知道

这个世界亘古就有的自然法则

开始被人类一天天地改变

钢铁的声音,以及摩天大楼的倒影

在这个地球绿色的肺叶上

留下了血淋淋的伤口,我们还能看见

就在每一分钟的时空里

都有着动物和植物的灭绝在发生

我们知道,时间已经不多

无论是对于人类,还是对于我们自己

或许这已经就是最后的机会

因为这个地球全部生命的延续,已经证实

任何一种动物和植物的消亡

都是我们共同的灾难和梦魇

在这里,我想告诉人类

我们大家都已无路可逃,这也是
你看见我只身坐在岩石上,
失声痛哭的原因!

十五

我是另一种存在,常常看不见自己
除了在灰色的岩石上重返
最喜爱的还是,繁星点点的夜空
因为这无限的天际
像我美丽的身躯,幻化成的图案

为了证实自己的发现
轻轻地呼吸,我会从一千里之外
闻到草原花草的香甜
还能在瞬间,分辨出羚羊消失的方位
甚至有时候,能够准确预测
是谁的蹄印,落在了山涧的底部

我能听见微尘的声音
在它的核心,有巨石碎裂
还有若隐若现的银河
永不复返地熄灭
那千万个深不见底的黑洞
闪耀着未知的白昼

我能在睡梦中,进入濒临死亡的状态

那时候能看见,转世前的模样

为了减轻沉重的罪孽,我也曾经

把赎罪的钟声敲响

虽然我有九条命,但死亡的来临

也将同来世的新生一样正常……

十六

我不会写文字的诗

但我仍然会——用自己的脚趾

在这白雪皑皑的素笺上

为未来的子孙,留下

自己最后的遗言

我的一生,就如同我们所有的

先辈和前贤一样,熟悉并了解

雪域世界的一切,在这里

黎明的曙光,要远远比黄昏的落日

还要诱人,那完全是

因为白雪反光的作用

不是在每一个季节,我们都能

享受幸福的时光

或许,这就是命运和生活的无常

有时还会为获取生存的食物

被尖利的碎石划伤

但尽管如此,我欢乐的日子

还是要比悲伤的时日更多

我曾看见过许多壮丽的景象
可以说,是这个世界别的动物
当然也包括人类,闻所未闻
不是因为我的欲望所获
而是伟大的造物主对我的厚爱
在这雪山的最高处,我看见过
液态的时间,在蓝雪的光辉里消失
灿烂的星群,倾泻出芬芳的甘露
有一束光,那来自宇宙的纤维
是如何渐渐地落入了永恒的黑暗

是的,我还要告诉你一个秘密
我没有看见过地狱完整的模样
但我却找到了通往天堂的入口!

十七

这不是道别
原谅我!我永远不会离开这里
尽管这是最后的领地
我将离群索居,在人迹罕至的地方

不要再追杀我,我也是这个
星球世界,与你们的骨血
连在一起的同胞兄弟

我，雪豹……

让我在黑色的翅膀笼罩之前
忘记虐杀带来的恐惧

当我从祖先千年的记忆中醒来
神授的语言，将把我的双唇
变成道具，那父子连名的传统
在今天，已成为反对一切强权的武器

原谅我！我不需要廉价的同情
我的历史、价值体系以及独特的生活方式
是我在这个大千世界里
立足的根本所在，谁也不能代替！

不要把我的图片放在
众人都能看见的地方
我害怕，那些以保护的名义
对我进行的看不见的追逐和同化！

原谅我！这不是道别
但是我相信，那最后的审判
绝不会遥遥无期……！

移动的棋子

相信指头，其实更应该相信
手掌的不确定，因为它的木勺
并不只对自己，那手纹的反面
空白的终结，或许只在夜晚
相信手掌，但手臂的临时颠倒
却让它猝不及防，像一个侍者
相信手臂，可是身体别的部分
却发出了振聋发聩的呻吟，因为
手臂无法确定两个同样的时刻
相信身体，然而影子的四肢
并不具有揉碎灵魂的短斧
相信思想，弧形的一次虚构
让核心的躯体，抵达可怕的深渊
不对比的高度，钉牢了残缺的器官
相信自由的意志，在无限的时间
之外，未知的事物背信弃义
没有唯一，只有巨石上深刻的3
相信吹动的形态，在第四维
星群神秘的迁徙，只有多或少
黑暗的宇宙布满规律的文字
相信形而上的垂直，那白色的铁
可是谁能证实？在人类的头顶之上

我，雪豹……

没有另一只手，双重看不见的存在
穿过金属的磁性，沿着肋骨的图案
在把棋子朝着更黑的水里移动……

而我——又怎能不回到这里!

谁能理解我!或者说:我们
那是因为精神的传统,早已经
断奏,脐带上滴下的血
渗入泥土,发出黑色的吼叫

我回去,并不是寻找自己
那条泥泞的路,并不是唯一
只有丰饶的天空——信守诺言
直到今天,还为我指引方向

在这里,或许在河流之上
或许在火焰之上,或许在意识之上
虽然这一切都被割裂在昨天
但不可遏制的伤痛,依然活着

已经不可能,再骑着马
在母语的疆域,独自巡游
泪光中的黄昏,恍若隔世
如此遥远,若隐若现……

从陌生的地方返回,我无意证明
我们死后,会有三个灵魂遗世

我，雪豹……

而我只是想，哪怕短暂地遗忘
那异化的身份，非人的声音。

选择祖先的方式，让游子回家
在这个金钱和物质的世纪
又有谁更在乎，心灵的感受
而作为一个人，我没有更高的祈求

我的灵魂，曾到过无数的地方
我看见他们，已经把这个地球——
糟蹋得失去了模样，而人类的非理性
迷途难返，现在还处于疯狂！

原谅我！已经无法再负重，因为
我的行囊里，没有别的任何东西。
因为我只想——也只有这样一个愿望：
用鼻子闻一闻，山坡上松针的清香……

在许多时候，骨骼的影子
把土墙上的痕迹抹去
金黄的口弦，不再诱惑我
另一个自我，已经客死他乡！

但我还是要回去，这一决定——
不可更改，尽管我的历史和故乡的家园
已经伤痕累累，满目疮痍……
而我——又怎能不回到这里！

耶路撒冷的鸽子

在黎明的时候,我听见
在耶路撒冷我居住的旅馆的窗户外
一只鸽子在咕咕地轻哼……

我听着这只鸽子的叫声
如同另一种陌生的语言
然而它的声音,却显得忽近忽远
我甚至无法判断它的距离
那声音仿佛来自地底的深处
又好像是从高空的云端传来

这鸽子的叫声,苍凉而古老
或许它同死亡的时间一样久远
就在离它不远的地方,在通往
哭墙和阿克萨清真寺的石板上
不同信徒的血迹,从未被擦拭干净
如果这仅仅是为了信仰,我怀疑
上帝和真主是否真的爱过我们

我听着这只鸽子咕咕的叫声
一声比一声更高,哭吧!开始哭!
原谅我,人类!此刻我只有长久地沉默……

我，雪豹……

寻找费德里科·加西亚·洛尔加

我寻找你——
费德里科·加西亚·洛尔加
在格拉纳达的天空下
你的影子弥漫在所有的空气中
我穿行在你曾经漫步过的街道
你的名字没有回声
只有瓜达基维河①那轻柔的幻影
在橙子和橄榄林的头顶飘去
在格拉纳达，我虔诚地拜访过
你居住过的每一处房舍
从你睡过的婴儿时的摇篮
（虽然它已经停止了歌吟和晃动）
到你写作令人心碎的谣曲的书桌
费德里科·加西亚·洛尔加——
我寻找你，并不仅仅是为了寻找
因为你的生命和巨大的死亡
让风旗旋转的安达卢西亚
直到今天它的吉他还在呜咽
因为你的灵魂和优雅的风度
以及喜悦底下看不见的悲哀

---

① 瓜达基维河：一条流经诗人洛尔加故乡格拉纳达的河流。

早已给这片绿色的土地盖上了银光
费德里科·加西亚·洛尔加——
一位真正的诗歌的通灵者,他不是
因为想成为诗人才来到这个世界上
而是因为通过语言和声音的通灵
他才成为一个真正的诗歌的酋长
费德里科·加西亚·洛尔加——
纵然你对语言以及文字的敏感
有着光一般的抽象和直觉
但你从来不是为了雕饰词语
而将神授的语言杀死的匠人
你的诗是天空的嘴唇
是泉水的渴望,是暝色的颅骨
是鸟语编的星星,是幽暗的思维
是蜥蜴的麦穗,是田园的杯子
是月桂的铃铛,是月亮的弱音器
是凄厉的晕光,是雪地上的磷火
是刺进利剑的心,是骷髅的睡眠
是舌尖的苦胆,是垂死的手鼓
是燃烧的喉咙,是被切开的血管
是死亡的前方,是红色的悲风
是固执的血,是死亡的技能
费德里科·加西亚·洛尔加——
只有真正到了你的安达卢西亚,我们
才会知道,你的诗为什么
具有鲜血的滋味和金属的性质!

我,雪豹……

致阿蒂拉·尤若夫①

你是不是还睡在
静静的马洛什河②的旁边?
或许你就如同
你曾描述过的那样——
只是一个疲乏的人,躺在
柔软的小草上睡觉。唉!
一个从不说谎,只讲真话的人
谁又能给你的心灵以慰藉呢?
因为饥饿,哪怕就是
神圣的泥土已经把你埋葬
但为了一片温暖的面包
你的影子仍然会在蒿尔托巴吉③
寻找一片要收割的成熟的庄稼
这时候,我们读你的诗
光明的词语会撞击我们的心
我们会这样想,怀着十分的好奇
你为什么能把人类的饥饿写到极致?
你的饥饿,不是你干瘪的胃吞噬的饥饿
不是那只饿得咯咯叫着的母鸡

---

① 阿蒂拉·尤若夫(1905—1937):20世纪匈牙利最伟大的诗人之一。
② 马洛什河:匈牙利南部的一条河流。
③ 蒿尔托巴吉:匈牙利大平原东北部的一片草原。

你的饥饿,不是一个人的饥饿

不是反射性的饥饿,是没有记忆的饥饿

你的饥饿,是分成两半的饥饿

是胜利者的饥饿,也是被征服者的饥饿

是过去、现在和将来的饥饿

你的饥饿,是另一种生命的饥饿

没有饥饿能去证明,饥饿存在的本身

你的饥饿,是全世界的饥饿

它不分种族,超越了所有的国界

你的饥饿,是饿死了的饥饿

是发疯的铁勺的饥饿,是被饥饿折磨的饥饿

因为你的存在,那磨快的镰刀

以及农民家里灶炉中熊熊燃烧的柴火

开始在沉睡者的梦里闪闪发光

原野上的小麦,掀起一层层波浪

在那隐秘的匈牙利的黑土上面

你自由的诗句,正发出叮当的响声……

阿蒂拉·尤若夫——
我们念你的诗歌,热爱你
那是因为,从一开始直到死亡来临
你都站在不幸的人们一边!

重新诞生的莱茵河
——致摄影家安德烈斯·古斯基①

让我们在这个地球上的某一处
或许就在任何一个地方

让我们像你一样
做一次力所能及的人为的创造

你镜头里的莱茵河
灰色是如此遥远
看不见鸽子,天空没有飞的欲望
只有地平线,把缄默的心
镶入一只杯子

在镜头里,钢筋水泥的建筑
绽放着崭新的死亡
静止的阴影,再不会有鸟群
在这时空的咽喉中翻飞

你没有坐在河的岸边独自饮泣
你开始制着自己的作品

---

① 安德烈斯·古斯基(1955—):德国当代著名极简主义摄影家、环保主义者。

并果断地做出了如下的选择：

把黑色的烟囱,从这里移走
并让钢筋水泥的隔膜,消失
在梦和现实的边界
你让两岸的大地和绿草生机勃勃
在天地之外也能听见鸟儿的鸣叫
是你与制造垃圾的人殊死搏斗
最终是用想象的利刃杀死了对方
你把莱茵河还给了自然……

如果我死了……

如果我死了

把我送回有着群山的故土

再把我交给火焰

就像我的祖先一样

在火焰之上：

天空不是虚无的存在

那里有勇士的铠甲，透明的宝剑

鸟儿的马鞍，母语的盐

重返大地的种子，比豹更多的天石

还能听见，风吹动

荞麦发出的簌簌的声音

振翅的太阳，穿过时间的阶梯

悬崖上的蜂巢，涌出神的甜蜜

谷粒的河流，星辰隐没于微小的核心

在火焰之上：

我的灵魂，将开始远行

对于我，只有在那里——

死亡才是崭新的开始，灰烬还会燃烧

在那永恒的黄昏弥漫的路上

我的影子，一刻也不会停留

正朝着先辈们走过的路

继续往前走，那条路是白色的

而我的名字,还没有等到光明全部涌入
就已经披上了黄金的颜色:闪着光!

我，雪豹……

巨石上的痕迹
——致 W.J.H. 铜像

原谅我，此次
不能来拜望另一个你
你早已穿过了——
那个属于死亡的地域
并不是在今天，你才又
在火焰的门槛前复活
其实你的名字，连同
那曾经发生的一切
无论是赞美，还是哑然
你的智慧，以及高大的身躯
都会被诺苏的子孙们记忆
是一个血与火的时代，选择了你
而作为一个彝人，你也竭尽了全力
在那块巨石上留下了痕迹
如同称职的工匠，你的铁锤
发出了叮当的声音，在那
黑暗与光明泥泞的路上
虽不是圣徒，却遮护着良心
你曾看见过垂直的天空上
毕阿史拉则金黄的铜铃
那自然的法则，灼烫的词根

只有群山才是永久的灵床
我知道,你从未领取过前往
——长眠之地的通行证
因为还在你健在的时候
我俩就曾经这样谈起——
我们活着已经不是为了自己
而死亡对于我们而言
仅仅是改变了方向的时间!

我，雪豹……

纳木错湖①的反光

站在更高的地方，或许
这就是水的石板在反光
白天已经遁逝，天上的星群
涌入光明的牛奶
听不见神的脚步，在更高处
它们在冷冷地窥视大地
你说水的深度，在这里
还有什么更深的意义？
目光所及之处，可看见
碎银的穹顶，纳木错
在瞬息间成了另一个
无法预测的未知的宇宙
浮现出了花豹的斑纹
也许在神秘的殿堂，祭祀
插出的金枝，那是银河
永恒不可颠覆的图像
我不是巫师，不能算出
词语的肋骨还能存活多久
但在这里，风吹透时间
没有了生和死的界限。肯定没有！

---

① 纳木错湖：青藏高原著名的神湖。

但那扇大门,看见了吧

却始终开着……

我，雪豹……

致　酒

从不因悲愁而饮酒
那样的酒——
会让火焰与伤口
爬上死亡的楼梯
用酒来为心灵解忧
无色的桌布上
只会有更多的泪痕
我从来就只为欢聚
或许，还有倾诉
才去把杯盏握住
我从不一个人的时候
去品尝醉人的香醇
独有那真正的饮者
能理解什么是分享
我曾看见过牛皮的碗
旋转过众人的双手
既为活人也为死者
没有酒，这个世界
就不会有诗歌和箴言
黑暗与光明将更远
我相信，酒的能力
可消弭时间的距离

能忘掉反面的影子
但也唯有它,我们
最终才能沉落于无限
在浩瀚的天宇里
如同一粒失重的巨石
在把倒立的铁敲响……

我接受这样的指令

我接受这样的指令：
不是拒绝冰
也不是排斥火焰
而是把冰点燃
让火焰成为冰……

契 约

每天早晨的醒来

都是被那个声音唤醒

除了我,还有其他所有的生命

如果有谁被遗忘

再听不见那个声音

并不是出了差错

那是永恒的长眠

偶然——找到了他!

我,雪豹……

鹰的葬礼

谁见过鹰的葬礼

在那绝壁上,或是

万丈瀑布的高空

宿命的铁锤

唯一的仪式

把钉子送上了穹顶

鹰的死亡,是粉碎的灿烂

是虚无给天空的

最沉重的一击!没有

送行者,只有太阳的

使臣,打开了所有的窗户……

盲　人

暮年的博尔赫斯，在白昼
也生活在黑暗的世界，或许
他的耳朵，能延长光的手指
让最黑的部分也溢出亮度
当他独自仰着头的时候
脸上的微笑更是意味深长
不是词在构筑第四个空间
仍然是想象，在他干枯的眼底
浮现出一片黄金般的沙漠
他不是靠回忆，对比会杀死它们
那些透明的石头，没有重量的宫殿
并不完整的城堡，已经弯曲的钥匙
空悬在楼梯之上的图书和穹顶
没有边界的星空，倒置了的长椅
以及通向时间花园之外的小径
而这一切，都是被一个盲者创造
这是他用另一种语言打开的书籍
不为别人，这一次只为自己！

铜　像

半夜醒来，那时候
博尔赫斯已经习惯
要在黑暗中前行，独自
穿过客厅，一双手
摸索，凡是触摸到的
每一样东西，他都
十分熟悉，因为已经
没有更诱人的话题
能留住白天的思绪
独有死亡，一直追随
人到了这样的年龄
似乎没什么再可惧怕
只是每一次，当他
无意中摸到自己的头像
五根手指在更深的地方
便能感受到虚无的气息
那金属的冰凉，会让他
着实吓一跳，他不相信
那个铜像与自己有关
但他却知道，逝去的生命
已经在轮回的路上再不回头……

流亡者
——写给诗人阿多尼斯和他流离失所的人民

那是一间老屋,与别人无关
只要流亡者活着——
它就活着,如果流亡者有一天
死了,它也许才会在亡者的记忆中被埋葬
假如亡灵永存,还会归来
它会迎接他,用谁也看不见的方式
虽然屋顶的一半,已经被炮弹损毁
墙壁上布满了无声的弹孔
流亡者的照片,还挂在墙上
一双双宁静的眼睛,沉浸在幽暗的
光线里,经过硝烟发酵的空气
仍然有烤羊肉和腌橄榄的味道
流亡者的记忆,会长时间停留在院落
那水池里的水曾被妈妈用来浇灌花草
娇艳硕大的玫瑰,令每一位
来访者动容,从茶壶中倒出的阿拉伯咖啡
和浓香的红茶,不知让多少异乡人体会过
款待他人的美德,虽然已经不能完全记住
是重逢还是告别,但那亲密的拥抱
以及嘴里发出的咂咂声响
却在回忆和泪眼里闪动着隐秘的事物

我，雪豹……

流亡者，并不是一个今天才有的称谓
你们的祖先目睹过两河流域落日的金黄
无数的征服者都觊觎你麦香的乳房
当饥饿干渴的老人，在灼热的沙漠深处迷失
儿童和妇女在大海上，就只能选择
比生更容易的死的结局和未知
今天的流亡——并不是一次合谋的暴力
而是不同利益集团加害给无辜者的器皿
杯中盛满的只有绝望、痛哭、眼泪和鲜血
有公开的杀人狂，当然也有隐形的赌徒
被牺牲者——不是别人！
在叙利亚，指的就是没有被抽象过的
——活生生的千百万普通的人民
你看他们的眼神，那是怎样的一种眼神！
毫无疑问，它们是对这个世纪人类的控诉
被道义和良心指控的，当然不是三分之一
它包括指手画脚的极少数，沉默无语的大多数
就是那些无关痛痒的旁观者
我告诉你们，只要我们与受害者
生活在同一个时空——作为人！
我们就必须承担这份罪孽的某一个部分
那是一间老屋，与别人无关
然而，是的，的确，它的全身都布满了弹孔
就如同夜幕上死寂的星星……

黑 色
——写给马列维奇①和我们自己

影子在更暗处,在潜意识的生铁里

它天空穹顶的幕布被道具遮蔽

唯一的出口,被形式吹灭的绝对

一粒宇宙的纤维,隐没在针孔的巨石

没有前行,更不会后退,无法预言风的方向

时间坠入无穷,只有一道消遁的零的空门

不朝向生,不朝向死,只朝向未知的等边

没有眼睛的面具,睡眠的灵床,看不见的梯子

被织入送魂的归途,至上的原始,肃穆高贵的维度

找不到开始,也没有结束,比永恒更悠久

光制造的重量,虚无深不可测,只抵达谜语的核心!

---

① 马列维奇(1878—1935):俄苏前卫艺术最重要的倡导者,20世纪具有世界影响的美术大师。其代表作《黑色正方形》已成为一种象征和标志。

博格达峰的雪
——致伊明·艾合买提

博格达耸立在群山的高处,
有谁又能徒步翻过那白色的顶峰,
它曾目睹无数行吟者在它的身旁,
最早的歌手也只留下横陈大地的影子。
我们把手中的琴拨弹得如此激越,
假如琴弦在瞬间戛然发生断裂,
是不是那预言的就是亘古不变的死亡?
或是宣告新的生命将在光明的子宫中诞生?
作为诗人我们是这般幸运,
因为古老的语言还存活在世间,
就是我们的肉体已经消失得毫无踪影,
但我们吟唱的声音却还会响彻宇宙。
朋友,你们看,在时间的疾风里,
所有物质铸成的形式都在腐朽,
任何力量也都无法抵抗它的选择,
这不是命运的无常,而是不可更改的方向。
如果有什么奇迹还会在最后时刻出现,
那就是我们的诗歌还站在那里没有死亡。

刺穿的心脏
——写给吉茨安·尤斯金诺维奇·塔比泽[①]

你已经交出了被刺穿的心脏
没有给别人,而是你的格鲁吉亚
当我想象穆赫兰山[②]顶雪的反光
你的面庞就会在这大地上掠过

不知道你的尸骨埋在何处
那里的白天和黑夜是否都在守护
在你僵硬地倒毙在山岗之前
其实你的诗已经越过了死亡地带

对于你而言,我是一位不速之客
然而我等待你却已经很久很久
为了与你相遇,我不认为这是上苍的安排
更不会去相信,这是他人祈祷的结果

那是你的诗和黑暗中的眼泪
它们并没有死,那悲伤的力量

[①] 吉茨安·尤斯金诺维奇·塔比泽(1895—1937):20世纪格鲁吉亚和前苏联著名诗人,象征主义诗歌流派的领袖人物。1937年在前苏联"大清洗"运动中被杀害,死后平反恢复名誉。

[②] 穆赫兰山:格鲁吉亚境内一座著名的山。

我，雪豹……

从另一个只有同病相怜者的通道
送到了我一直孤单无依的心灵

即使你已经离世很久，但你的诗
却依然被复活的角笛再次吹响
相信我——我们是这个世界的同类
否则就不会在幽暗的深处把我惊醒

我们都是群山和传统的守卫者
为了你的穆哈姆巴吉①和我祖先的克智②
勇敢的死亡以及活下去所要承受的痛苦
无非都是生活和命运对我们的奖赏……

---

① 穆哈姆巴吉：格鲁吉亚一种古老的诗歌形式。
② 克智：彝族一种古老的诗歌对唱形式。

133

诗人的结局

我不知道,
是 1643 年的冬天,
还是 1810 年彝族过年的日子。

总之,实际上,
老人们都这样说。

在吉勒布特,
那是一场罕见的大雪,
整整下了一天一夜。
住在这里的一家人,
有十三个身强力壮的儿子,
他们骄傲的父母,
都用老虎和豹子,
来为他们的后代命名。

鹰的影子穿过了,
谚语谜一般的峡谷。

大雪还在下,
直到傍晚的时候,
妈妈在嘴里喃喃地,

数着一个个归来的儿子。

"一个、两个、三个……"

她站在院落外，
看着自己的儿子们，
披着厚实的羊毛皮毡，
全身冒着热气。
透过晶莹的雪花，
她的眼睛闪动着光亮。

这一切都发生在这里。

一块破碎的锅庄石，
被坚硬的犁头惊醒，
时间已经是 2011 年春季，
他们用手指向那里：

"你的祖先就居住在此地！"

燃烧的牛皮在空中弯曲成文字。

一个词语的根。
一个谱系的火焰。
被捍卫的荣誉。
黑色的石骨。

从鹰爪未来的杯底,
传来群山向内的齐唱。
太阳的钟点,
从未停止过旋转。

我回到了这里。
戏剧刚演到第三场。

因为父子连名的传统,
那结局我已知晓。
从此死亡对于我而言,
再不是一个最后的秘密。
这不是一场游戏,
作为主角,不要耻笑我,
我是另一个负重的虚无,
戏的第七场已经开始……

我,雪豹……

致叶夫图申科[1]

对于我们这样的诗人:

忠诚于自己的祖国,

也热爱各自的民族。

然而我们的爱,却从未

被锁在狭隘的铁笼,

这就如同空气和阳光,

在这个地球的任何一个地方,

都能感受到它们的存在。

我们或许都有过这样的经历,

都曾为另一个国度发生的事情流泪,

就是他们的喜悦和悲伤,

虽然相隔遥远,也会直抵我们的心房,

尽管此前我们是如此地陌生。

如果说我们的诞生,是偶然加上的必然,

那我们的死亡,难道不就是必然减去的偶然吗?

朋友,对于此我们从未有过怀疑!

---

[1] 叶夫图申科(1933—2017):苏联俄罗斯诗人。他是50年代末60年代初苏联"大声疾呼"派诗人的代表人物,也是20世纪最具影响力的诗人之一。他的诗题材广泛,以政论性和抒情性著称,既写国内现实生活,也干预国际政治,以"大胆"触及"尖锐"的社会问题而闻名。

没有告诉我
——答诗人埃乌杰尼奥·蒙塔莱[①]，因他有过同样的境遇，他当时只有长勺

毕阿史拉则，
没有告诉我，
在灵魂被送走的路上，
是否还有被款待的机会。
有人说无论结果怎样，
你都要带上自己的木勺。
我有两把木勺，
一把是最长的，还有一把是最短的，
但这样的聚会却经常是
不长不短的木勺，
才能让赴宴者舀到食物，
但是我没有，这是一个问题。

---

① 埃乌杰尼奥·蒙塔莱(1896—1981)：20世纪意大利著名诗人。

我，雪豹……

献给妈妈的二十首十四行诗

见证了一个不平凡的时代，
经历了先人从未经历过的生活。

当死亡正在来临

从今天起就是一个孤儿，
旁人这样无情地对我说。
因为就在黑色覆盖了白色的时候，
妈妈就已经进入了另一个世界。

不要再去质疑孤儿的标准，
一旦失去了母亲，才知道何谓孤苦无助。
在这块巨石还没有沉没以前，
她就一直是我生命中的依靠。

当死亡在这一天真正来临，
所有的诅咒都失去了意义，
死神用母语喊了她的名字：
尼子·果各卓史[①]，接你的白马，
已经到了门外。早亡的姐妹在涕泣，

[①] 尼子·果各卓史：诗人母亲的名字（又名马秀英），生于1931年3月15日，卒于2016年10月30日。出生于彝族贵族家庭，早年投身社会主义革命，是共产党员，曾担任过凉山彝族自治州人民医院副院长、凉山卫校校长。

她们穿着盛装,肃立在故乡的高地。

故土

在那个名字叫尼子马列①的地方,
祖辈的声名是如此显赫,
无数的坐骑在半山悠闲地吃草,
成群的牛羊,如同天空的白云。

多少宾朋从远方慕名而来,
宰杀牲口才足以表达主人的盛情。
就是在大凉山腹地的深处,
这个家族的美名也被传播。

但今天这一切已不复存在,
没有一种繁华能持续千年,
是时间的暴力改变了一切。

先人的骨灰仍沉睡在这里,
唯有无言的故土,还在接纳亡灵,
它是我们永生永世的长眠之地。

记忆的片段

多少年再没有回到家乡,
并不是时间和空间的距离,

---

① 尼子马列:诗人母亲故乡的一个彝语地名。

才让她去重构故土的模样，
而这一切是如此遥远。

姐妹们在院落里低声喧哗，
争论谁应该穿到第一件新衣，
缝衣娘许诺了她们中的每一位，
只有大姐二姐羞涩地伫立门前。

坐在火塘边的祖母头发比雪还白，
吊着的水壶冒着热腾腾的水汽，
远处传来的是放牧者粗犷的歌声。

这是亡故者记忆中的片段，
她讲过多少遍，谁也说不清。
但愿活着的人，不要忘记。

生与死的幕布

河流朝着一个方向流淌，
群山让时间沉落于不朽。
有人说这是一场暴风骤雨，
群山里的生活终究会有改变。

千百年所选择的生活方式，
只有火焰的词语熄灭于疾风。
不是靠幸运才存活到今天，
旋转的酒碗是传统的智慧。

山坡上的荞麦沾满了星光,
祖居之地只剩下残壁断垣,
再没有听见过口弦的倾诉。

头上是永恒的北斗七星,
生与死的幕布轮流值日,
真遗憾,今天选择了落幕。

命运

这个时代改变了你们的命运,
从此再没有过回头和犹豫。
不是圣徒,没有赤脚踏上荆棘,
但道路上仍留下了血迹。

看过那块被烧得通红的石头,
没有人知道铁铧的全部含义。
生与死相隔其实并不遥远,
他们一前一后紧紧相随。

你们的灵魂曾被火光照亮,
但在那无法看见的颜色深处,
也留下了疼痛,没有名字的伤口。

不用再为你们祈祷送魂,
那条白色的路就能引领,

这一生你们无愧于任何人。

墓前的白石

墓的前面放着一块白石，
上面镌刻着你们的名字。
多么坚实厚重的石头，
还有我为你们写下的诗行。

从这里能看见整座城市，
生和死还在每时每刻地更替。
只有阳光那白银一般的舞蹈，
涌入了所有生命的窗口。

在目光所及更远的地方，
唯有山峰之间是一个缺口，
据说那是通向无限的路标。

亡灵长眠在宁静的山岗之上，
白色的石头在向活人低语：
死亡才刚结束，生命又开始疯狂。

迎接了死亡

妈妈的眼角最后有一颗泪滴，
那是她留给这个世界的隐喻。
可以肯定它不代表悲戚，
只是在做一种特殊的告别。

不是今天才有死亡的存在，
那黑色的旗帜，像鸟的翅膀，
一直飞翔在昼夜的天空，
随时还会落在受邀者的头顶。

冥府的通知被高高举起，
邮差将送到每一个地址，
从未听说他出现过差错。

妈妈早就知道这一天的来临，
为自己缝制了头帕和衣裙，
跟自己的祖先一样，她迎接了死亡。

这是我预订的灵床

我的妈妈已经开始上路，
难怪山坡上的索玛①像发了疯。
白昼的光芒穿过世界的核心，
该被诅咒的十月成为死期。

把头朝着故乡的方向，
就是火化成灰也要回去。
这个城市对你已不再陌生，
但你的归宿命定不在这里。

---

① 索玛：即索玛花，汉语又称杜鹃花。

我，雪豹……

口弦，马布，月琴①，都在哀唤，
活着的时候就喜欢它们，
但今天却只能报以沉默。

当又能闻到松脂和蜂蜜的味道，
那是到了古洪姆底②，我知道你会说：
终于可以睡下了，这是我预订的灵床。

回忆的权利

不知道从什么时候开始，
你就是靠回忆生活。
就是昨天刚遇见过的事，
也不能把它们全部想起。

真能想起的都是遥远的事情，
它们在黑暗的深处闪光。
你躲在木楼的二层捉迷藏，
听见妹妹说：姐姐，可以找你了吗？

经常拿出发黄的照片，
对旁人讲解，背着沉重的药箱，
访问过许多贫病交加的人。

---

① 马布、月琴：均为彝族古老的乐器。
② 古洪姆底：大小凉山的彝语称谓，泛指彝族的聚居地。

人活着是否需要理由?
是你给了我们另一个答案,
谁也不能剥夺,回忆的权利。

我不会后退

原谅我,一直不知道,
是因为妈妈的存在和活着,
我才把死亡渐渐地遗忘,
其实它一直在追逐着我们。

妈妈站在我和死亡之间,
像一座圣洁的雪山,
也如同浩瀚无边的大海,
但今天我的身边只伫立着死亡。

纵然没有了生命中的护身符吉尔①,
当面对无端的谎言、中伤以及暗算,
也不会辱没群山高贵的传统和荣誉。

再不用担心妈妈为我悲伤,
既然活着已经不是为了自己,
为了捍卫人的权利,我不会后退。

---

① 吉尔:彝族每一个家族都有吉尔,即护身符,在这里指作者的母亲。

我，雪豹……

等我回家的人

我不用再急着赶回家去，
在半夜时敲响那扇门扉。
等候我回家的人，
已经去了另一个世界。

那时只有我回到了家，
她才会起身离开黑色的沙发，
迈着缓慢疲惫的脚步，
回到自己的房间休息。

就这样等候，不是一天，
也不是一年，她活着的时候，
常常在深夜里这样等我。

但直到现在我才明白，
"母亲"两个字还有更深的内涵，
多么不幸，与她已经隔世。

妈妈是一只鸟

毕摩[①]说，在另一个空间里，
你的妈妈是一条游动的鱼。
她正在清凉的溪水中，

---

① 毕摩：彝族的文字传承者、宗教祭司。

自由自在地追逐水草。

后来她变成了一只鸟，
有人看见她，去过祖居地，
还在吉勒布特的天空，
留下了恋恋不舍的身影。

从此，无论我在哪里，
只要看见那水中的鱼，
就会去想念我的妈妈。

我恳求这个世上的猎人，
再不要向鸟射出子弹，
因为我的妈妈是一只鸟。

妈妈的手

妈妈的手充满了万般柔情，
像四月的风吹过故乡的高地。
每当她抚摸我的脸庞和额头，
就如同清凉的甘露滋润着梦境。

只有她的手能高过万物的顶端，
甚至高过了任何一个君王的冠冕。
如果不是自然造化的组成部分，
那仁慈就不可能进入灵魂的深处。

纵然为传统和群山可以赴死,
每一次遭遇命运不测的箭弩,
还都是她的手改变了我的厄运。

我知道从今以后将会生死难卜,
因为再也无法握住妈妈的那双手,
多么悲伤,无常毁灭了我的护身符。

摇篮曲

世界上只有一首谣曲,
能陪伴着我们,从吱呀的摇篮,
直到群山怀抱的火葬地,
它是妈妈最珍贵的礼物。

那动人的旋律吹动着宇宙的星辰,
它让大地充满了安宁,天空如同宝石。
当它飞过城市、乡村和宽阔的原野,
所有的生命都会在缥缈的吟唱中熟睡。

这低吟能穿越生和死的疆域,
无论是在迎接婴儿新生命的诞生,
还是死神已经敲响了厚重的木门。

只有这首无法忘怀的谣曲,
在我们离开这个世界的时候,
还能听见它来自遥远的回声。

山泉

晚年的妈妈再没回到故乡,
她常常做梦似的告诉我们:
在那高高的生长荞麦的地方,
让人思念的是沁人心脾的泉水。

难怪她时常独自坐在窗前,
对一只鸟从何处飞来也感到好奇。
她会长时间地注视着一朵云,
直到它在那天际消失得无影无踪。

谁也无法改变我们生命的底色,
瓦板房里的火塘发出唑唑的声音,
还有院落里的雄鸡不断地高鸣。

其实人的需求非常有限,
但有时却比登天还难,比如妈妈,
再也无法喝到那透心的山泉。

黑色的辫子

妈妈的头发已经灰白掉落,
好长时间不再用那把木梳,
往日那一头浓密的黑发,
从过去的照片中才能看到。

他们说她的长发乌黑清亮，
像深色的紫檀闪着幽暗的光。
无论她走到哪里，总有人会闻到，
她的发辫散发出的皂角的馨香。

谁能将那逝去的年轮追回？
让我再看一眼妈妈的黑发，
再闻一闻熟悉而遥远的香味。

但今天这一切都是痴人说梦，
只有那一把还留在世上的木梳，
用沉默埋葬了它所经历的辉煌。

母语

妈妈虽然没有用文字留下诗篇，
但她的话却如同语言中的盐。
少女时常常出现在族人集会的场所，
聆听过无数口若悬河的雄辩。

许多看似十分深奥的道理，
就好像人突然站在了大地的中心；
她会巧妙地用一句祖先的格言，
刹那间让人置身于一片光明。

是她让我知道了语言的玄妙，
明白了它的幽深和潜在的空白，

而我这一生都将与它们形影相随。

我承认,作为一个寻找词语的人,
是妈妈用木勺,从语言的大海里,
为我舀出过珊瑚、珍珠和玛瑙。

故乡的风

妈妈常常会想起故乡的风,
每当这样的时候,她就会将风描绘。
难怪在我们部族的史诗中,
那永恒的风被植入了词语的石头。

那风穿过了大地麦芒的针孔,
从那宇宙遥远的最深处传来。
只有风连接着生和死的门户,
谁也无法预知它的方向和未来。

妈妈说,如果你能听懂风的语言,
你就会知道,我们彝人的竖笛,
为什么会发出那样单纯神秘的声音。

那风还在吹,我是一个听风的人,
直到今天我才开始隐约地知道,
只有风吹过的时候,才能目睹不朽。

隐形的主人

这大地和天空是如此辽远,
巡游的太阳一头金黄的雄狮。
金币的另一面涌动着黑暗的海洋,
永恒的死亡跨上了猩红的马鞍。

黄昏在影子里对神灵窃窃私语,
黯然的云霓闪烁着紫色的光亮。
星穹下的群山肃穆静寂,
唯有火塘里的柴薪独自呢喃。

沿着暮气氤氲的那条小路,
妈妈的身影又若隐若现,
朦胧中是依稀垂下的眼睑。

她是这片土地上隐形的主人,
看不见的手还在用羊毛编织披毡,
腰间晃动的是来回如飞的梭子。

肉体与灵魂

你的肉身已经渐渐枯萎,
它在时间的切割中破碎。
很难察觉它细微的变化,
自然的威力谁也无法抗拒。

微末的事物消失于指间,
它的杀戮不用金属的武器。
肉体是你借用造物主的东西,
时辰到了还必须将它归还。

只有你的魂魄还完好如初,
没有什么能改变它的存在,
黑暗吞噬的表象只是幻影。

你心灵幽秘质朴,如一束火焰,
怀揣着安居于永恒的护身符,
唯有不灭的三魂①将被最后加冕。

---

① 三魂:彝人认为人死后有三魂,一魂留火葬处,一魂被供奉,一魂被送到祖先的最后归宿地。

我,雪豹……

谁也不能高过你的头颅
——献给屈原①

诗人!光明的祭司,黑暗的对手
没有生,也没有死,只有太阳的
光束,在时间反面的背后
把你的额头,染成河流之上
沉默的金黄。你的车轮旋转
如岩石上的风暴,你孑然而立
望着星河深处虚无的岸边
谁也不能高过你的头颅
你饮木兰上的露水,不会饥饿
每一次自我的放逐,词语的
骨笛,都会被火焰吹响
谁也不能高过你的头颅
因为在群山的顶部,你的吟游
如同光明的馈赠,这个世界
不会再有别人——不会!
能像真正的纯粹的诗人一样
像一个勇士,独自佩戴着蕙草
去完成一个人与众神的合唱

---

① 屈原(约前340—前278):中国历史上伟大的爱国诗人,中国浪漫主义文学的奠基人,被誉为"中华诗祖"。

谁也不能高过你的头颅
只有太阳神,那公正无私的双手
能为你戴上自由的——冠冕!
诗人!只有你的命令能抵达
并阻止死神的来临,那高脚杯
盛满了菊花酿造的美酒
那是宴客的时辰,被唤醒的神灵
都会集合在你的身后,仰望
天河通向未知的渡口,你手中的
火把,再一次照亮了黑暗的穹顶
它的颜色超过了所有我们见过的白昼
只有你的云车不用铁的铠甲
和平养育的使者,人群中的另类
只有你能说出属于自己的语言
无论是在人的面前,还是在神的殿堂
你都紧握着真理和道德的权杖
谁也不能高过你的头颅
当你呼唤日月、星辰与河流
它们的应答之声,就会飘浮在
肃穆寂寥的天庭——并成为绝响!
我不知道,难道还有别的声音
能具有这般非凡的超自然的力量
说你没有生,也没有死
那是因为你永远行走在轮回的路上
就是你那所谓最后的消遁
也仅仅是一种被死亡命名的形式

诗人！如果有生的权利，当然
你也会有死的权利，但是——
唯有你，在死亡降临的瞬间
就已经用另一种方式完成了复活
由此，我们曾愚钝地寻找过你
其实你就是这片母语的土地
和神圣的天空，我们每一次呼吸
都能感受到你的存在，你是
流动的空气，一只飞翔的鸟
没有名字的一株幽兰，树叶上的昆虫
一块谁也无法撼动的巨石，或许
就是一粒沙漏中落下的宇宙
谁也不能高过你的头颅
在一个种族集体的记忆里
作为诗人，是你第一个，没有并列
用自己的名字，开启了一条诗歌的航道
你不会死去，因为你的不朽和牢不可破
诗歌纵然已经伤痕累累，但直到今天——
它也从未放弃过对生命的歌唱！

致马雅可夫斯基[①]

> 艺术作品始终像它应该的那样,在后世得到复活,穿过拒绝接受它的若干时代的死亡地带。
>
> ——亚·勃洛克[②]

正如你预言的那样,凛冽的风吹着
你的铜像被竖立在街心的广场
人们来来去去,生和死每天都在发生
虽然已经有好长的时间,那些——
曾经狂热地爱过你的人,他们的子孙
却在灯红酒绿中渐渐地把你放在了
积满尘土的脑后,纵然在那雕塑的
阴影里,再看不到痨病鬼咳出的痰
也未见——娼妓在和年轻的流氓厮混
但是,在那高耸入云的电子广告牌下
毒品贩子们和阴险的股市操纵者
却把人类绝望的面孔反射在墙面
从低处看上去,你那青铜岩石的脸部
每一块肌肉的块面都保持着自信
坚定深邃的目光仍然朝着自己的前方

---

① 马雅可夫斯基(1893—1930):20世纪伟大的俄苏诗人,1930年4月14日自杀,身后留下13卷诗文。
② 亚·勃洛克(1880—1921):俄国象征主义流派的领军人物。

我，雪豹……

总有人会在你的身边驻足——
那些对明天充满着不安而迷惘的悲观者
那些在生活中还渴望找到希望的人
他们都试图在你脸上，找到他们的答案
这也许就是你的价值，也是你必须要
活下去的理由，虽然他们不可能
在你的额头上看到你所遭受过的屈辱
以及你为了自己的信念所忍受的打击
因为你始终相信——你会有复活的那一天
那一个属于你的光荣的时刻——
必将在未来新世纪的一天轰然来临！

你应该回来了，可以用任何一种
方式回来，因为我们早就认识你
你用不着再穿上——那件黄色的
人们熟悉的短衬衫。你就是你！
你可以从天空回来，云的裤子
不是每一个未来主义者的标志，我知道
你不是格瓦拉①，更不是桑迪诺②
那些独裁者和银行家最容易遗忘你
因为你是一个彻头彻尾的诗人
你回来——不是革命的舞蹈者的倒立
而是被命运再次垂青的马蹄铁

---

① 格瓦拉(1928—1967)：生于阿根廷，国际政治家及古巴革命的核心人物。
② 桑迪诺(1893—1934)：尼加拉瓜民族解放阵线领袖，游击战专家。

你可以从城市的任何一个角落
影子一般回来,因为你嘴唇的石斧
划过光亮的街石,每一扇窗户
都会发出久违了的震耳欲聋的声响

你是词语粗野的第一个匈奴
只有你能吹响断裂的脊柱横笛
谁说在一个战争与革命的时代
除了算命者,就不会有真的预言大师
它不是轮盘赌,唯有你尖利的法器
可刺穿光明与黑暗的棋盘,并能在
琴弦的星座之上,看见羊骨的谜底
一双琥珀的大手,伸进风暴的杯底
隐遁的粗舌,抖紧了磁石的马勒
那是婴儿降生的喊叫,是上帝在把
门铃按响——开启了命运的旅程!

也许你就是刚刚到来的那一个使徒
伟大的祭司——你独自戴着荆冠
你预言的1916就比1917相差了一年
这个世界的巨石发出了滚动前的吼声
那些无知者曾讥笑过你的举动
甚至还打算把你钉上谎言的十字架
他们哪里知道——是你站在高塔上
看见了就要来临的新世纪的火焰
直到今天——也不是所有的人

都知道你宝贵的价值，那些芸芸众生

都认为你已经死亡，只属于过去

但是——这当然不是事实，因为

总有人会得出与大多数不同的结论

那个或许能与你比肩的女人——

茨维塔耶娃就曾说过："力量——在那边！"

毫无疑问，这是一个旷世的天才

对另一个同类最无私的肯定

但是为了这一句话，她付出了代价

她曾把你俩比喻成快腿的人

在你死后，她还公开朗读你的诗作

并为你写下了《高于十字架和烟囱……》

1932年那篇有关你诗歌精妙的文字

赞颂了你在俄罗斯诗歌史上的地位

如今你们两个人都生活在自己

命名的第三个国度，那里既不是天堂

也不是地狱，而作为人在生前

都是用相近的方式，杀死了——自己！

也只有你们，被自发的力量主宰

才能像自己得出的结论那样：

像人一样活着，像诗人一样死去！

不知道是在昨天，还是在比昨天

更糟糕的前一天，你未来的喉咙

被时间的当铺抵押，尽管放出的是高利贷

但你预言性的诗句还是比鲜血更红

这是光阴的深渊,这个跨度令人胆寒
不是所有的精神和思想都能飞越
为你喝彩,没有牙齿的剃了光头的巨人
你已经再一次翻过了时间的尸体
又一次站在了属于你的灯塔的高处
如果不是无知的偏见和卑劣的质疑
没有人真的敢去否认你的宏大和广阔
你就是语言世界的——又一个酋长

是你在语言的铁毡上挂满金属的宝石
呼啸的阶梯,词根的电流闪动光芒
是你又一次创造了前所未有的形式
掀开了棺木上的石板,让橡木的脚飞翔
因为你,俄罗斯古老纯洁的语言
才会让大地因为感动和悲伤而战栗
那是词语的子弹——它钻石般的颅骨
被你在致命的庆典时施以魔法
因为你,形式在某种唯一的时刻
才能取得没有悬念的最后的引力
当然,更是因为你——诗歌从此
不仅仅只代表一个人,它要为——
更多的人祈求同情、怜悯和保护
无产者的声音和母亲悄声的哭泣
才有可能不会被异化的浪潮淹没
我知道,你也并非一个完人偶像
道德上的缺陷,从每个凡人身上都能找到

那些关于你的流言蜚语和无端中伤
哪怕是诅咒——也无法去改变
今天的造访者对你的热爱和尊敬
原谅这个世纪！我的马雅可夫斯基
你已经被他们——形形色色追逐名利的
那一群，用各种理由遮蔽得太久
就在昨天，他们看见你的光芒势不可当
他们还试图将一个完整的你分割
——"这一块是未来主义"
——"那一块是社会主义"
他们一直想证明，你创造过奇迹
但在最后的时光，虽然你还活着
你却已经在十年前的那个下午死去
他们无数次地拿出你的遗书——
喋喋不休，讥讽一个死者的交代
他们并不是不知道，你的小舟
已经在大海的深处被撞得粉碎
的确正如你所言——在这种生活里
死去并不困难，但是把生活弄好
却要困难得多！然而天才总是不幸的
在他们生活的周围总会有垃圾和苍蝇
这些鼠目寸光之徒，只能近视地看见
你高筒皮靴上的污泥、斑点和油垢

马雅可夫斯基，黎明时把红色
抹上天幕的油漆工，你天梯的骨肋

伸展内核的几何,数字野兽的支架
打破生物学方案闪电脚后的幻变
面颊通过相反吞噬渴望的现代板凳
没有返回的刀鞘,被加减的迟速
三倍吹响十月没有局部完全的整体
属于立体飓风的帆,只有腹部的镰刀
被粗糙定型的生物才有孕育的资格
马雅可夫斯基,没有一支铠甲的武装
能像你一样,在语言的边界,发动了
一场比核能量更有威力的进攻
难怪有人说,在那个属于你的诗的国度
你的目光也能把冰冷的石头点燃
他们担心你还会把传统从轮船上扔下
其实你对传统的捍卫,要比那些纯粹的
形式主义者更要坚定百倍
你孩童般的狡黠帮助你战胜了争吵
对传统的冒犯——你这个家伙,从来
就是用以吸引大众目光的一种策略
马雅可夫斯基,不用其他人再给你评判
你就是那个年代——诗歌大厅里
穿着粗呢大衣的独一无二的中心
不会有人忘记——革命和先锋的结合
是近一百年所有艺术的另一个特征
它所产生的影响是巨大的,就是在

我，雪豹……

反越战的时候，艾伦·金斯伯格[①]们
在纽约的街头号叫，但在口袋里装着的
却是你炙手可热的滚烫的诗集

你的诗，绝不是纺毛的喑哑的羊羔
是涌动在街头奔跑的双刃，坚硕的结构
会让人民恒久地沉默——响彻宇宙
是无家可归者的房间，饥饿打开的门
是大海咬住的空白，天空牛皮的鼓面
你没有为我们布道，每一次巡回朗诵
神授的语言染红手指，喷射出来
阶梯的节奏总是在更高的地方结束
无论是你的低语，还是雷霆般的轰鸣
你的声音都是这个世界上——
为数不多的仅次于神的声音，当然你不是神
作为一个彻底的唯物主义者，你的
一生都在与不同的神进行彻底的抗争
你超自然的朗诵，打动过无数的心灵
与你同时代的听众，对此有过精彩的描述
马雅可夫斯基，我们今天仍然需要你
并不是需要再去重复一段生活和历史
谁也无法否认，那些逝去的日子里
也有杀戮、流亡、迫害和权力的滥用

---

① 艾伦·金斯伯格(1926—1997)：美国著名诗人，被认为是"垮掉的一代"的领军人物。

惊心动魄的改变,谎言被铸造成真理
不是别的动物,而是文明的——人
亲自制造了一幕幕令人发指的悲剧
马雅可夫斯基,尽管这样,人类从未
能打破生和死的规律,该死亡的——
从未停止过死亡,该诞生的每天仍然在诞生
死去的有好人,当然也有恶棍
刚出生的未必都是善良之辈,但是
未来会成为流氓的一定是少数
这个世界最终只能由诚实和善良来统治
马雅可夫斯基,并不是一个偶然的发现
20世纪和21世纪两个世纪的开端
都有过智者发出这样的喟叹——
道德的沦丧,到了丧心病狂的地步
精神的堕落,更让清醒的人们不安
那些卑微的个体生命——只能
匍匐在通往灵魂被救赎的一条条路上
马雅可夫斯基,并非每一个人都是怀疑论者
在你的宣言中,从不把技术逻辑的进步
——用来衡量人已经达到的高度
你以为第三次精神革命的到来——
已经成为不可阻挡的又一次必然
是的,除了对人的全部的热爱和奉献
这个世界的发展和进步难道还有别的意义?

马雅可夫斯基,礁石撞击的大海

我,雪豹……

语言中比重最有分量的超级金属
浮现在词语波浪上的一艘巨轮
穿越城市庞大胸腔的蒸汽机车
被堆积在旷野上的文字的巨石阵
撕破油布和马鞍的疯狂的呓语
难以诉诸孤独野牛鲜红的壮硕

马雅可夫斯基,这哪里是你的全部
你的追随者也曾希望,能在你的诗歌里
尝到爱人舌尖上——滴下的蜜
其实,他们只要去读一读你写给
勃里克①的那些柔美的信和野性的诗
就会知道哪怕你写情诗,你也一定是
那个领域里不可多得的高手,否则
你也不会给雅可夫列娃②留下这样的诗句:
"她爱?她不爱?我只能扼腕
我不顾这碎片去极力猜测——
五月却迎来了送葬的甘菊!"
但是,不!这不是你,更不是你的命运
早已经为你做出了义无反顾的决定
你的诗将永远不是小猫发出的咿呜之声
你从一开始注定就是词语王国里的大力士
当然,你不是唯一的独角兽,与你为伍的

---

① 勃里克(1891—1978):马雅可夫斯基的同居者、情人。
② 雅可夫列娃(1906—1991):旅居法国的俄裔侨民,马雅可夫斯基曾热烈地追求她。

还有巴勃罗·聂鲁达①、巴列霍②、阿蒂拉③、

奈兹瓦尔④、希克梅特⑤、布罗涅夫斯基⑥

不能被遗忘的扬尼斯·里索斯⑦、帕索里尼⑧

他们都是你忠诚的同志和亲如手足的兄弟

马雅可夫斯基,这些伟大的心灵尊重你

是因为你——在劳苦大众集会的广场上

掏出过自己红色的心——展示给不幸的人们

你让真理的手臂返回,并去握紧劳动者的手

因此,诗人路易·阿拉贡⑨深情地写道:

"革命浪尖上的诗人,是他教会了我

如何面对广大的群众,面对新世界的建设者

这个以诗为武器的人改变了我的一生!"

不是唱过赞歌的人,都充满了真诚

然而,对你的真诚,我们从未有过怀疑

与那些投机者相比较,你的彷徨和犹豫

---

① 巴勃罗·聂鲁达(1904—1973):生于智利,被誉为20世纪最伟大的拉丁美洲诗人。
② 巴列霍:塞萨尔·巴列霍,见第54页注①。
③ 阿蒂拉:阿蒂拉·尤若夫,见第111页注①。
④ 奈兹瓦尔(1900—1958):捷克最具代表性的超现实主义诗人。
⑤ 希克梅特(1902—1963):全名纳齐姆·希克梅特,20世纪土耳其现代诗歌的奠基者。
⑥ 布罗涅夫斯基(1897—1962):20世纪波兰著名的革命诗人。
⑦ 扬尼斯·里索斯(1909—1990):20世纪希腊伟大的革命诗人,希腊现代诗歌的创始人之一。
⑧ 帕索里尼(1922—1975):皮埃尔·保罗·帕索里尼,20世纪意大利著名诗人、导演,曾参加意大利共产党。
⑨ 路易·阿拉贡(1897—1982):20世纪法国著名诗人,共产主义者,达达主义和超现实主义的代表人物之一。

我，雪豹……

——也要比他们更要可爱和纯粹！
那些没有通过心脏和肺叶的所谓纯诗
还在评论家的书中被误会拔高，他们披着
乐师的外袍，正以不朽者的面目穿过厅堂
他们没有竖琴，没有动人的嘴唇
只想通过语言的游戏而获得廉价的荣耀
诚然，对一个诗人而言，马雅可夫斯基
不是你所有的文字都能成为经典
你也有过教条、无味，甚至太直接的表达
但是，毫无疑问——可以肯定！
你仍然是那个时代最伟大的诗的公民
而那些用文字沽名钓誉者，他们最多
只能算是——小圈子里自大的首领！
当然，他们更不会是诗歌疆域里的雄狮
如果非要给他们命名——
他们顶多是贵妇怀中慵懒的宠物
否则，在你死的时候，你长脸的兄长
帕斯捷尔纳克①，就不会为你写出动人的诗篇
你的突入，比所有的事物都要夺目
在你活着的时候，谁也无法快过你的速度
你最终跨进传说只用了一步，以死亡的方式！

你从不服从于油腻溢满思想的君王
从一开始，你的愤世嫉俗，不可一世

---

① 帕斯捷尔纳克(1890—1960)：20世纪伟大的俄苏诗人、作家。

就让那些无知者认为——你仅仅是一个
不足挂齿的没有修养的狂妄之徒
而那些因为你的革命和先锋的姿态
来对你的诗句和人生做狭隘判断的人
他们在乌烟瘴气的沙龙里——
一直在传播着诋毁你的谗言和逸事
用这样的方式,他们已经不是一次两次
埋葬了诗的头盖骨,这是惯用的伎俩
他们——就曾经把你亲密的兄弟和对手
叶赛宁①说成是一个醉汉和好色之徒
实际上你知道——他是俄罗斯田园
最后一位用眼泪和心灵悲戚的歌者
叶赛宁的死,就如同你的死一样
从未让任何个人和集团在道义上负责
我不知道传统的东正教的俄罗斯
是什么模样,但从他忧郁的诗句里
我可以听到——吟诵死亡的斯拉夫民歌
在断裂的树皮上流下松脂一般的眼泪

马雅可夫斯基,因为你相信人的力量
才从未在上帝和神的面前下跪
你编织的语言,装饰彗星绽放的服饰
那永不衰竭的喉管,抽搐的铆钉
你的诗才是这个世界一干二净的盐

---

① 叶赛宁(1895—1925):20世纪著名的俄苏诗人,田园派诗歌的代表人物。

如果有一种接骨木,能让灵魂出窍
那是刻骨铭心的愤怒的十二之后
你是胜利者王冠上剧毒反向的块结
因为只有这样——或者相反
才会让你刀削一般高傲的脸庞
在曙光之中被染成太阳古老的黄色
马雅可夫斯基——光明的歌者和黑暗的
宿敌,宣布你已经死亡的人
其实早已全部死亡,他们——
连一些残骸也没有真的留下
当你站在最高的地方——背靠虚脱的云霓
你将目睹人类的列车,如何
驶过惊慌失措、拥挤不堪的城市
那里钢铁发锈的声音,把婴儿的
啼哭压扁成家具,摩天大楼的影子
刺伤了失去家园的肮脏的难民
你能看见——古老的文明在喘息着
这个地球上大部分的土地——
早已被财富的垄断者和奸商们污染
战争还在继续,在逃亡中死去的生命
并不比两次大战的亡灵更少
马雅可夫斯基,纵然你能看见飞行器
缩短了火星与人类的距离
可是近在咫尺的灵性,却被物化的
电流击穿,精神沦落为破损的钱币
被割裂的自然,只剩下失血的身体

那些在大地上伫立的冥想和传统
没有最后的归宿——只有贪婪的欲望
在机器的齿轮中，逆向的呐喊声嘶力竭
异化的焦虑迷失于物质的逻辑
这无论是在东方还是西方——
都没有逃脱价值跌落可怕的结局
因为，现实所发生的一切已经证明
那些启蒙者承诺的文本和宣言
如今都变成了舞台上的道具
用伸张正义以及人道的名义进行的屠杀
——从来就没有过半分钟的间歇
他们绑架舆论，妖魔化别人的存在
让强权和武力披上道德的外衣
一批批离乡背井流离失所的游子
只有故土的星星才能在梦中浮现
把所谓文明的制度加害给邻居
这要比哥伦布发现新大陆更要无耻
这个世界可以让航天飞机安全返航
但却很难找到一个评判公理的地方
所谓国际法就是一张没有内容的纸
他们明明看见恐怖主义肆意蔓延
却因为自己的利益持完全不同的标准
他们打破了一千个部落构成的国家
他们想用自己的方式代替别人的方式
他们妄图用一种颜色覆盖所有的颜色
他们让弱势者的文化没有立锥之地

从炎热的非洲到最边远的拉丁美洲
资本打赢了又一场没有硝烟的战争
他们已经大功告成——一种隐形的权力
甚至控制了这个星球不为人知的角落
他们只允许把整齐划一的产品——
说成是所有的种族要活下去的唯一
他们不理解一个手工匠人为何哭泣手
他们嘲笑用细竹制成的安第斯山排箫
只因为能够吹奏的人已经寥寥无几
当然,他们无法回答,那悲伤的声音
为什么可以穿越群山和幽深的峡谷
他们摧毁被认定为野蛮人的习惯法
当那些年轻的生命寻求酒精的麻痹
无论是男人还是女人都一样
他们却对旁人说:"印第安人就喜欢酒!"
其实,任何一场具有颠覆性的巨变
总有无数的个体生命付出巨大的牺牲
没有别的原因,只有良心的瞭望镜——
才可能在现代化摩天楼的顶部看见
——贫困是一切不幸和犯罪的根源
在21世纪的今天,不用我们举证
那些失去传统、历史以及生活方式的人
是艾滋病与毒品共同构成的双重的灾难
毫无疑问,这绝不仅仅是个体的不幸
而是整个人类面临的生死存亡的危机
任何对垂危中的生命熟视无睹——

最后的审判都不会被轻易地饶恕

马雅可夫斯基,毫无疑问——
你正穿越一个对你而言陌生的世纪
在这里我要告诉你——我的兄长
你的诗句中其实已经预言过它的凶吉
在通往地狱和天堂的交叉路口上
无神论者、教徒、成千上万肉体的躯壳
他们的心中都有着自己的造物主
当领袖、神父、阿訇、牧师、转世者
以及金钱和国家上层建筑的主导者
把人类编成军队的方阵出发
尽管这样,这个世界为给太阳加温的炉灶
还是在罪行被宽恕前发生了裂变
马雅可夫斯基,时间和生活已经证实
你不朽的诗歌和精神,将凌空而至
飞过死亡的峡谷——一座座无名的高峰
那些无病呻吟的诗人,也将会
在你沉重粗犷的诗句面前羞耻汗颜
你诗歌的星星将布满天幕
那铁皮和银质的诗行会涌入宇宙的字典
你语言的烈士永不会陨落,死而复生
那属于你的未来的纪念碑——
它的构成,不是能被磨损的青铜
更不会是将在腐蚀中风化的大理石
你的纪念碑高大巍峨——谁也无法将它毁灭

因为它的钢筋,将植根于人类精神的底座
马雅可夫斯基,你的语言和诗歌
是大地和海洋所能告知的野蛮的胜利
每一次震动,它的激流都会盖过词语的顶端
或许,这就是你的选择,对于诗的技艺
我知道——从生到死你都在实践并怀着敬意
否则,你就不会去提醒那些匠人
因为他们只注重诗歌的技术和形式
那没有血肉、疼痛、灵性的语言游戏
已经让我们的诗开始在战斗中节节败退
马雅可夫斯基,今天不是在占卜的声音中
你才被唤醒,你在此前躺下已经很久
那些善变的政客、伪善的君子、油滑的舌头
他们早就扬言,你的诗歌已进入坟墓
再不会在今天的现实中成为语言的喜马拉雅
但他们哪里知道,你已经越过了忘川
如同燃烧的火焰——已经到了门口
这虽然不是一场你为自己安排的庆典
但你已经到来的消息却被传遍
马雅可夫斯基,这是你的复活——
又一次的诞生,你战胜了沉重的死亡
这不是乌托邦的想象,这就是现实
作为诗人——你的厄运已经结束
那响彻一切世纪的火车,将鸣响汽笛
而你将再一次与我们一道——
用心灵用嘴唇用骨架构筑新的殿堂

成为人的臣仆和思想,而只有冲破了
无尽岁月的诗歌才能用黑夜星星的
贡品——守护肃穆无边的宇宙
并为无数的灵魂在头顶上洒下光辉……

马雅可夫斯基,新的挪亚——
正在曙光照耀的群山之巅,等待
你的方舟降临在陆地和海洋的尽头
诗没有死去,它的呼吸比铅块还要沉重
虽然它不是世界的教士,无法赦免
全部的罪恶,但请相信它始终
会站在人类道德法庭的最高处,一步
也不会离去,它发出的经久不息的声音
将穿越所有的世纪——并成为见证!

不朽者

序诗

黑夜里我是北斗七星,
白天又回到了部族的土地。
幸运让我抓住了燃烧的松明,
你看我把生和死都已照亮。

一

我握住了语言的盐,
犹如触电。

二

群山的合唱不是一切。
一把竹质的口弦,
在黑暗中低吟。

三

我没有抓住传统,
在我的身后。
我的身臂不够长,有一截是影子。

四

我无法擦掉,
牛皮碗中的一点污迹。
难怪有人从空中泼下大雨,
在把我冲洗。

五

挂在墙上的宝刀,
突然断裂了。
毕摩告诉我,他能占卜凶吉,
却不能预言无常。

六

我在口中念诵 2 的时候,
2 并没有变成 3;
但我念诵 3 的时候,
却出现了万物的幻象。

七

昨晚的篝火烧得很旺,
今天却是一堆灰烬,
如果一阵狂风吹过,
不会再有任何墨迹。

我,雪豹……

八

捡到玛瑙的是一个小孩,
在他放羊的途中。
他不知道自己是一个幸运者,
只梦见得到了一块荞饼。

九

我不是唯一的证人。
但我能听见三星堆①,
在面具的背后,有人发出
唑唑的声音,在叫我的名字。

十

我的身躯,
是火焰最后的一根柴,
如果点燃,你会看见,
它比别的柴火都要亮。

十一

失重的石头。
大雁的影子。
会浮现在歌谣里,像一滴泪
堵住喉头。

---

① 三星堆:中国西部一个著名的文化遗址。

十二

死亡和分娩,
对诗人都是一个奇迹,
因为语言,他被放进了
不朽者的谱系。

十三

火焰灼烫我的时候,
无意识的一声喊叫,
竟然如此陌生。
我不知道,这是我的声音。

十四

那块石头,
我没有从地里捡走。
原谅我,无法确定明日,
我只拥有今天。

十五

我在竹笛和羊角之间。
是神授的语言,
让我咬住了大海的罗盘。

十六

我趴在神的背上,

我，雪豹……

本想告诉它一个谜。
但是我睡着了，
像一条晨曦中的鲑鱼。

十七

彝人的火塘。
世界的中心，一个巨大的圆。

十八

吉狄普夷①的一生，
都未离开过自己的村庄。
但他的每句话里，
却在讲述这个世界别的地方。

十九

鹰飞到了一个极限，
身体在最后一个瞬间毁灭。
它没有让我们看见，
一次无穷和虚无完整的过程。

二十

在天地之间，
我是一个圆点，当时间陷落，
我看见天空上

---

① 吉狄普夷：彝族部族中一个人的名字。

浮现出空无的胎记。

二十一

是谁占有了他的口腔,

让他的舌头唱得发麻。

这个歌者已经传了五十七代,

不知下一次会选择哪一个躯壳?

二十二

谁让群山在那里齐唱?

难道是英雄支格阿鲁①?

不朽者横陈大地之上,

让我们把返程的缰绳攥紧。

二十三

银匠尔古②敲打着银子,

一只只蝴蝶在别的体内苏醒。

虽然他早已辞世不在人间,

但他的敲击还在叮当作响。

二十四

那只名字叫沙洛③的狗,

早已死亡,现在只是一个影子。

---

① 支格阿鲁:彝族传说中的创世英雄。
② 尔古:彝族历史上一位银匠的名字。
③ 沙洛:彝族历史上一只狗的名字。

它被时间的锯齿,
割出了声音和血。

二十五

我们曾把人分成若干的等级。
这是历史的错误。但你能不能
把本不属于我的两件东西,
现在就拿走?

二十六

我想念苦荞的时候,
嘴里却有毒品的滋味。
我拒绝毒品的时候,
眼前却有苦荞的幻影。

二十七

掘金者在那高原的深处,
挖出了一个巨大的矿坑。
这是罪证。但伤口缄默无语。

二十八

他们骑马巡视自己的领地,
就是在马背上手端一杯酒
也不会洒落下半滴。
而我们已经没有这种本事。

二十九

没有人敢耻笑我的祖辈。
因为从生到死,
他们的头颅和目光都在群山之上。

三十

拥有谚语和格言,
就是吞下了太阳和火焰。
德古①坐在火塘的上方,
他的语言让世界进入了透明。

三十一

不是每一本遗忘在黑暗中的书,
都有一个词被光亮惊醒。
死亡的胜利,又擦肩而过。

三十二

吹拂的风在黑暗之上,
黑暗的浮板飘荡在风中,
只有光,唯一的存在,
能回到最初的时日。

---

① 德古:彝族中智者和德高望重的人。

三十三

寂静的群山,
只有天堂的反光,能让我们看见
雪的前世和今生。

三十四

只有光能引领我们,
跨越深渊,长出翅膀,
成为神的使者。
据说光只给每个人一次机会。

三十五

我没有抓住时间的缰绳,
但我却幸运地骑上了光的马背。
额头是太阳的箭镞,命令我:
杀死死亡!

三十六

永恒的存在,除了依附于
黑暗,就只能选择光。
但我知道,只有光能从穹顶的高处,
打开一扇未来的窗户。

三十七

从群山之巅出发,

难道无限可以一分为二？
不是咒语所能阻止，
谁能分开那无缝的一？

三十八

星座并非独自滑动，
寂静的银河神秘异常。
风吹动着永恒的黑暗，
紧闭的侧门也被风打开。

三十九

巨石的上面：
星群的动与静，打开了手掌的纹路，
等待指令，返回最初的子宫。

四十

在大地上插上一根神枝，
遥远的星空就有一颗星熄灭。
那是谁的手，在插神枝？

四十一

母鸡一直啼鸣
还有野鸟停在了屋上。
明天的旅行是否还要启程？
我只听从公鸡的鸣叫。

四十二

不能在室内备鞍，
那是一种禁忌。
我的骏马跃入了云层，
蹄子踩在了羽毛上。

四十三

阿什拉则不是一个哑巴，
只是生性沉默。
是他独自在林中消遁，
创造了词语的乳房和钥匙。

四十四

据说我们放羊的地方，
牛羊看见的景色还是那样。
但见不到你的身影，
从此这里只留下荒凉。

四十五

谁碰落了草茎上那颗露水，
它在地上砸出了一个巨大的深坑。

四十六

我愿意为那群山而去赴死，
数千年来并非只有我一人。

四十七

羊子被卖到远方,
魂魄在今夜还会回到栏圈。
我扔出去的那块石头,
再没有一点回声。

四十八

黄蜂在山岩上歌唱,
不能辜负了金色的阳光。
明年同样美好的时辰,
只有雏鹰在这里筑巢。

四十九

那匹独角马日行千里,
但今天它却待在马厩里。
只有它的四蹄还在奔跑,
这是另一种游戏。

五十

我是世界的一个榫头,
没有我,宇宙的脊椎会发出
吱呀的声响。

五十一

金黄的四只老虎,

我，雪豹……

让地球在脚下转动。
我在一条大河的旁边成眠，
潜入了老虎的一根胡须。

五十二

因为你，时间让河流
获得了静止和不朽。
它的名字叫底坡夷莫①，
没有波澜，高贵而深沉。

五十三

我们是雪族十二子，
六种植物和六种动物。
诸神见证过我们。但唯有人
杀死过我们中的兄弟。

五十四

山中细细的竖笛，
彝人隐秘的脊柱。
吹响生命，也吹响死亡。

五十五

阿什拉则和吉狄马加，
有时候是同一个人。

---

① 底坡夷莫：彝族群山腹地一条著名的河流，常被用来形容女性。

他们的声音,来自群山的合唱。

五十六

欢乐是死亡的另一种胜利,
没有仪式,就没法证明。

五十七

我是吉狄·略且·马加拉格,
切开了血管。
请你先向我开枪,然后我再。
但愿你能打中我的心脏。

五十八

这里有血亲复仇的传统,
当群山的影子覆盖。
为父辈们欠下的命债哭号,
我的诗只颂扬自由和爱情。

五十九

不要依赖手中的缰绳,
矮种马是你忠实的伙伴。
是的,凭借虚无的存在,
它最终也能抵达火的土地。

六十

款待客人是我们的美德,

锅庄里的柴火照亮里屋顶。
快传递今天皮碗里的美酒,
明天的火焰留下的仍然是灰烬。

六十一

沙马乌芝①是一个最好的
琴手,她的一生就是为了弹奏。
据说她死去的那天,
琴弦独自断在风中。

六十二

院子里的那只小猫,
不知道生命的荒诞。
它在玩弄一只老鼠,
让现实具有了意义。

六十三

祭司在人鬼之间,
搭起了白色的梯子。
举着更高的烟火,
传递着隔界的消息。

六十四

我梦见妈妈正用马勺,

---

① 沙马乌芝:彝族民间一位著名的月琴手。

从金黄的河流里舀出蜂蜜。
灿烂的阳光和风,
吹乱了妈妈的头发。

六十五

饮过鹰爪杯的嘴唇,
已经无法算清。
我们是世界的匆匆过客,
今天它又有了新的主人。

六十六

我试图用手中的网,
去网住沉重的时间。
但最终被我网住的
却是真实的虚无。

六十七

你的意识不进入这片语言的疆域,
你的快马就不可能抵达词的中心。

六十八

我要去没有城墙的城市。
并非我们双腿和心灵缺少自由。

六十九

不是你发现了我。

我一直在这里。

七十

传说是狗的尾巴捎来了一粒谷种,
否则不会有山下那成片的梯田。
据说这次你带来的是偶然,
而不是争论不休的巧合。

七十一

我没有被钉在想象的黑板上,
不是我侥幸逃脱。
而是阿什拉则问我的时候,
我能如实地回答。

七十二

妇人背水木桶里游着小鱼,
屋后养鸡鸡重十二斤。
曾是炊烟不断的祖居地,
但如今它只存活于幽暗的词语。

七十三

我虽喜欢黑红黄三种颜色,
很多时候,白色也是我的最爱。
但还是黑色,
更接近我的灵魂。

七十四

一条金色的河流,穿过了未来,
平静,从容,舒缓,没有声音。
它覆盖梦的时候,也覆盖了泪水。

七十五

我要回去,但我回不去。
正因为回不去,才要回去。

七十六

我要到撒拉底坡①去,
在那里耍七天七夜。
在这七天七夜,我爱所有的人,
但只有一人是我的唯一。

七十七

彝谚说,粮食中的苦荞最大,
昨天我还吃过苦荞。
但我的妈妈已经衰老,
还有谁见过她少女时的模样?

七十八

我不会在这光明和黑暗的时代,

---

① 撒拉底坡:水草丰盛的牧羊之地。

停止对太阳的歌唱,

因为我的诗都受孕于光。

七十九

时间在刀尖上舞蹈,

只有光能刺向未来。

八十

格言在酒樽中复活,

每一句都有火焰的滋味。

八十一

我钻进世界的缝隙,

只有光能让我看见死去的事物。

八十二

失去了属于我的马鞍,

我只能用灵魂的翅膀飞翔。

八十三

我的母语在黑暗里哭泣,

它的翅膀穿越了黎明的针孔。

八十四

我在火焰和冰雪之间徘徊,

这个瞬间无异于已经死亡。

八十五

光明和黑暗统治世界，
时光的交替不可更改。
只有死亡的长风传来密令，
它们是一对孪生的姐妹。

八十六

那是消失的英雄时代，
诸神和勇士都在巡视群山。
沉静的天空寂寥深远，
只有尊严战胜了死亡和时间。

八十七

我不会在别处向这个世界诀别，
只能在群山的怀抱，时间在黎明。
当火焰覆盖我的身体，
我会让一只鸟告诉你们。

八十八

我不会给这个世界留下咒语，
因为人类间的杀戮还没有停止。
我只能把头俯向尘土，
向你耳语：忘记仇恨。

我，雪豹……

八十九

当整个人类绝望的时候，
我们不能绝望。
因为我们是人类。

九十

我的声音背后还有声音。
那是成千上万的人的声音。
是他们合成了一个人的声音。
我的声音。

九十一

直到有一天这个世界
认同了我的价值，
黑暗才会穿过伤口，
让自己也成为光明的一个部分。

九十二

真理坐在不远的地方
望着我们。阿格索祖①也在那里。
当我们接近它的时候，
谬误也坐在了旁边。

---

① 阿格索祖：彝族历史上著名的祭司和智者。

九十三

我在某一个时日醒来,
看见九黄星值守着天宇。
不是八卦都能预言人的吉凶,
诗歌只赞颂日月永恒的运行。

九十四

我不知道布鲁洛则山①在哪里,
如同不知道天空中的风变幻的方向。
在漆黑的房里,透过火塘的微光,
我似乎第一次看到了生命真实的存在。

九十五

从一开始就不是为自己而活着,
所以我敢将一把虚拟的匕首,
事先插入了心中。

九十六

我的心灵布满了伤痕,
却用微笑面对这个世界。
如果真的能穿过时间的缝隙,
或许还能找到幸运的钥匙。

---

① 布鲁洛则山:彝区一座著名的山,据说在云南境内。

九十七

在那片树林里有一只鸽子,
它一直想飞过那紫色的山尖。
唯一担心的是鹞突然出现,
生与死在空中留下了一个偌大的空白。

九十八

降生时妈妈曾用净水为我洗浴,
诀别人世还有谁能为我洗去污垢?
这个美好而肮脏的世界,
像一滴水转瞬即逝。

九十九

虎豹走过山林,花纹
在身后熠熠生辉。
我拒绝了一个词的宴请,
但却接受了一万句克智的约会。

一百

拥着马鞍而眠,
词语的马蹄铁发出清脆的响声。
但屋外的原野却一片空寂。

一百零一

头上的穹顶三百六十度,

吹动着永恒的清气和浊气。
生的门和死的门,都由它们掌管。
别人只能旁观。

一百零二

从瓦板房的缝隙,
能看见灿烂浩瀚的星空。
不知星群的上面是屋顶还是晨曦。
这是一个难题,也是另一个或许。

一百零三

世界上的万物有生有灭,
始终打开的是生和死的门户。
我与别人一样,死后留下三魂,
但我有一魂会世代吟唱诗歌。

悬崖的边缘

我站在悬崖的边缘,前面是
悬浮的空气的负数,我一直
站在边缘纯粹的绝对之上
如果说我是一个点,其实
我就是这边缘核心的脊柱
另一个存在站在这里,时间的
楼梯已经被它们完整地抽掉
也许只需要半步,物质的重量
就会失衡,事实已经证明——
就是针尖一样的面积,也能让
一个庞大的物体在现实的
玻璃上立足,而这并非在历险
难道这就是思想和意念的针孔
被巨石所穿越的全部理由
我一直站在那悬崖的最边缘
是遥远的大海终止了欲望和梦
我没有转过头,尽管太阳
洒下了千万颗没有重量的雨滴
因为在我的背后什么也没有……

从摇篮到坟墓

从摇篮到坟墓
时间的长和短
没有任何特殊的意义
但这段距离
摇篮曲不能终止
因为它的长度
超过了世俗的死亡

你听那原始的声音
从母亲的喉头发出
这声调压过了所有的舌头
在群山和太阳之间
穿越了世代火焰的宇宙
通向地狱和天堂的门
虽然都已经被全部打开
但穹顶的窗户,却为我们的
归来,标明了红色的箭头

在这大地上,只有摇篮曲
才让酣睡的头颅和肋骨
甜蜜自由,没有痛苦
那突然的战栗和疯狂

我，雪豹……

让遥远的星星光芒散尽

因为母亲的双手
那持续的晃动，会让
我们享受幸福的一生
当我们躺在——
墓地的火焰之上
仍然是母亲的影子
在摇篮旁若隐若现

从摇篮到坟墓
只有母亲的手
还紧紧地牵着我们
从摇篮到坟墓
始终伴随着我们的
就是母亲的摇篮曲
我知道这个世界上
再没有什么别的声音
——能比她的吟唱
更要动人，更要美好！

这个世界并非杞人忧天

这个世界并非杞人忧天
但总会有人担心——
天空会突然地坍塌
我本应该待在老家达基沙洛①
而不是在这个狂躁的尘世游走
但事实就是这样,我疲惫不堪
就是望见了并不遥远的山顶
我也再没有心气攀上它的高处
不是每一种动物,都有这样的想法
作为一个彝人,我只想——
同我的祖先们一样,躺在寂静的
山岗,长时间地注视着远方
在时间的尽头,最终捕捉到
这一切是如何消失得无影无踪
甚至去观察一只勤快英勇的蚂蚁
是怎样完成搬运比它的身体
还要庞大百倍的昆虫的把戏
如果没有疑义,还可以潜入荞麦地
去守望一颗颗麦尖上晶莹的露水
它们折射闪烁出千万个迷人的星空

---

① 达基沙洛:凉山彝族聚居区布拖县的一个地名,此地为作者父亲出生的地方。

我，雪豹……

而从那遥远处吹来的温暖的风

会让无名的思绪飘浮于永恒的无限

但是尽管这样，我仍然无法摆脱

这个地球遭遇不幸的生命

在我的耳边留下的沉重叹息

虽然我们每个人都应该洁身自好

可还是有人参与了对别的生物的杀戮

其实这个世界比我们想象的

还要令人担忧，这并非哗众取宠

我们的土地本来就是母亲的身躯

是今天的人类，在她身上留下了伤口

他们高举着机器和逻辑的镰刀

高歌猛进，横冲直撞，闪闪发光

羞耻这个词，不敢露面，它躲进了

把一切罪恶汇集在一起的那本词典

它让我们无尽的天空和海洋

留下了一道道斧痕叮当作响

这个宇宙只有太阳依然美好善良

它伸出了它的大手，去擦干泪水

可以听见，也可以看见，还有多少生命

正在诞生，并为明天的来临而欣喜若狂

尽管这样，我还是固执地相信

这个世界不会毁于一场有预谋的战争

而会毁于一次谁也不太关注的偶然

但愿，但愿这一天永远不要出现

致西湖

这样的湖蓝色坠落静界。
纯粹的影子并非此处独有:
那是你堤上摇曳的树叶,
上面滚动着回光的秘密,
遗失于黑暗的褶皱,
惊醒光明遮蔽的钟摆。

如果没有苏轼,
就不会在水波上瞻望,
浪花与时间的意义。
那朽烂变暗的屋檐,
如今,也因为白居易的名字,
在吹拂的风中焕然一新。

无数的嘴唇为你加冕,
驾着传说的银轮返回中心。
或许不是现实,虚拟的镜子,
从别处飞来,风是一匹白色的马。
墨迹依稀可辨,石头寻找我们,
饮者的星象,被铸造成诗。

火焰一般的自然之物,

唯有星辰在睡眠中闪耀。
假如文字的魔力死亡，
黎明的风暴也无力掷入柴薪。
而这潭池水，确凿无疑，
也将黯然失色，心如骨灰。

一只透明的鸟，站在岸上柳枝的顶端，
归来与离去，还是词语的梯子，
最终决定了这个世界的高度。

支格阿鲁①

你逆风而来,如同一道光。
你追随太阳的车轮,沉睡于群山之上。
你无处不显,在我们每一个火塘的石头里,
让深渊的记忆发出啦啦的声音。
是你第一次用宝刀刺向未来,将一个部族
被命运的天平锤击的目标确定。

伟大的父亲:鹰的血滴——
倾听大地苍茫消隐的吃语,
在你绝对的疆域,梦一次又一次地来临。
你在山顶喊叫,落日比鲜血还红,
你词语的烈焰,熊熊燃烧,
洗净了面具的大海和酒杯。

你带着柏树和杉树的竹笛,
那匹有翅膀的骏马,与你巡游天庭。
你举着火把和烛炬义无反顾地挺立,
沉默的诸神流下了晶莹的泪水。
蕨基草,出现在第三者的镜子,
黎明让万物开始自由地苏醒。

---

① 支格阿鲁:彝族英雄史诗的主人公,在彝族传说中被视为鹰的儿子。

艾未未◎绘

我,雪豹……

我们的父亲,撬动滚落光明的天石,
另一种荞麦盛入了星辰谷粒的盘子。

是你把这个世界最后交给我们,
但你却从未真的离开过这里。
当我们面对你——天空、河流、大地、
森林,没有骑手的马鞍,失去
嘴唇的铠甲,遗忘了主人的镰刀。
你让我们同时饮下了两个极端的铁,
那是诞生的誓言和死亡的泉水。
你并不是一则寓言,在时间的寓所,
空气、阳光、那无处不在的气息,
宣告了你仍然是这片土地的君王。
我们的父亲,作为你的嫡亲,我不会
为自己哭泣,我的呐喊飞扬血丝,
在我的背后不是一个人,而是你
全部的子孙,尽管我如此地卑微。

梦的重量

有时候,梦是如此清晰
而现实却是这般地虚幻
因为只有在梦里,我才能
看见另一个世界的母亲
她的微笑散发出温暖的光芒
她的皱纹清晰得如同镜子
当我的手掌触摸到她的指尖
那传递给我的温度和触觉
会让我在瞬间抓住一块石头
她的头发在轻轻地颤动
你能听见它划破粒子的声音
她的目光依然充满着爱意
那眼底的深处有发亮的星星
她的气息还在悄然弥漫
在第七个空间,这是她的空间
谁也无法将它占有
在那堵高墙的两边,生和死
将白昼和日月撬动旋转
当生命的诞生被无常接纳
死亡的凯歌也将择时奏响
没有什么东西能获得不朽
只有精神的钉子能打入宇宙

我，雪豹……

不要相信那些导电的物体
因为心灵将会被火焰点燃
而今天，我只有通过梦
才能与我亲爱的母亲见面
我原来不相信，梦的真实
要超过所有虚幻的存在
现在我相信，我的双手告诉我
在睡眠的深处，梦的重量
——已经压倒了天平！

时间的入口

有诗人写过这样的诗句:
——时间开始了!
其实时间从未有过开始,
当然也从未有过结束。
因为时间的铁锤,无论
在宇宙深邃隐秘的穹顶,
还是在一粒微尘的心脏,
它的手臂,都在不停地摆动,
它永不疲倦,那精准的节奏,
敲击着未来巨大的鼓面。
时间就矗立我们的面前,
或许它已经站在了头顶,
尽管无色、无味、无形,
可我们仍然能听见它的回声。
那持续不断的每一次敲击,
都涌动着恒久未知的光芒。
时间不是一条线性的针孔,
它如果是——也只能是
一片没有边际浮悬的大海。
有时候,时间是坚硬的,
就好像那发着亮光的金属,
因此——我们才执着地相信,

　　　　　　　　　　　　　　我，雪豹……

只有时间,也只能是时间,
才能为一切不朽的事物命名。
有时候,时间也是柔软的,
那三色的马鞍,等待着骑手,
可它选择的方向和速度,
却谁也无法将它改变。
但是今天,作为一个诗人,
我要告诉你们,时间的入口
已经被打开,那灿烂的星群
就闪烁在辽阔无垠的天际。
虽然我们掌握不了时间的命运,
也不可能让它放慢向前的步伐,
但我们却能爬上时间的阶梯,
站在人类新世纪高塔的顶部,
像一只真正醒来吼叫的雄狮,
以风的姿态抖动红色的鬣毛。
虽然我们不能垄断时间,
就如同阳光和自由的空气,
它既属于我们,又属于
这个星球上所有的生命。
我们知道时间的珍贵,
那是因为我们浪费过时间,
那是因为我们曾经——
错失过时间给我们的机遇,
所以我们才这样告诉自己,
也告诉别人:时间就是生命。

对于时间,我们就是骑手,
我们只能勇敢地骑上马背,
与时间赛跑,在这个需要
英雄的时代,我们就是英雄。
时间的入口已经被打开,
东方这片古老土地上的子孙,
已经列队集合在了一起。
是的,我们将再一次出发,
迎风飘动着的,仍然是那面旗帜,
它经历过血与火的洗礼,
但留在上面的弹孔,直到今天
都像沉默的眼睛,在审视着
旗帜下的每一个灵魂。
如果这面旗帜改变了颜色,
或者它在我们的手中坠落在地,
那都将是无法原谅的罪过。
我们将再次出发,一个
创造过奇迹的巨人,必将在
世界的注目中再次成为奇迹。
因为我们今天进行的创造,
是前人从未从事过的事业,
我们的胜利,就是人类的胜利,
我们的梦想,并非乌托邦的
想象,它必将引领我们——
最终进入那光辉的城池。
我们将再次出发,吹号者

我，雪豹……

就站在这个队伍的最前列，
吹号者眺望着未来，自信的目光
越过了群山、森林、河流和大地，
他激越的吹奏将感动每一个心灵。
他用坚定的意志、勇气和思想，
向一个穿越了五千年文明的民族，
吹响了前进的号角，吹响了
——前进的号角！

大　河
——献给黄河①

在更高的地方,雪的反光
沉落于时间的深处,那是诸神的
圣殿,肃穆而整齐的合唱
回响在黄金一般隐匿的额骨
在这里被命名之前,没有内在的意义
只有诞生是唯一的死亡
只有死亡是无数的诞生

那时候,光明的使臣伫立在大地的中央
没有选择,纯洁的目光化为风的灰烬
当它被正式命名的时候,万物的节日
在众神的旷野之上,吹动着持续的元素
打开黎明之晨,一望无际的赭色疆域
鹰的翅膀闪闪发光,影子投向了大地
所有的先知都蹲在原初的那个入口
等待着加冕,在太阳和火焰的引领下
白色的河床,像一幅立体的图画
天空的祭坛升高,神祇的银河显现

---

① 黄河:中国第二长河,世界第五长河,全长约 5464 千米,发源于青藏高原,在山东东营境内流入大海。

我，雪豹……

那时候，声音循环于隐晦的哑然
惊醒了这片死去了但仍然活着的大海
无须俯身匍匐也能隐约地听见
来自遥远并非空洞的永不疲倦的喧嚣
这是诸神先于创造的神圣的剧场
威名显赫的雪族十二子就出生在这里
它们的灵肉彼此相依，没有敌对杀戮

对生命的救赎不是从这里开始
当大地和雪山的影子覆盖头顶
哦大河，在你出现之前，都是空白
只有词语，才是绝对唯一的真理
在我们，他们，还有那些未知者的手中
盛开着渴望的铁才转向静止的花束
寒冷的虚空，白色的睡眠，倾斜的深渊
石头的鸟儿，另一张脸，无法平息的白昼

此时没有君王，只有吹拂的风，消失的火
还有宽阔，无限，荒凉，巨大的存在
谁是这里真正的主宰？那创造了一切的幻影
哦光，无处不在的光，才是至高无上的君王
是它将形而上的空气燃烧成了沙子
光是天空的脊柱，光是宇宙的长矛
哦光，光是光的心脏，光的巨石轻如羽毛
光倾泻在拱顶的上空，像一层失重的瀑布
当光出现的时候，太阳，星星，纯粹之物

都见证了一个伟大的仪式,哦光,因为你
在明净抽象的凝块上我第一次看见了水

从这里出发。巴颜喀拉创造了你
想象吧,一滴水,循环往复的镜子
琥珀色的光明,进入了转瞬即逝的存在
远处凝固的冰,如同纯洁的处子
想象吧,是哪一滴水最先预言了结局?
并且最早敲响了那蓝色国度的水之门
幽暗的孕育,成熟的汁液,生殖的热力
当图腾的徽记,照亮了传说和鹰巢的空门
大地的胎盘,在吮吸,在战栗,在聚拢
扎曲之水,卡日曲之水,约古宗列曲之水①
还有那些星罗棋布,蓝宝石一样的海子

这片白色的领地没有此岸和彼岸
只有水的思想——和花冠——爬上栅栏
每一次诞生,都是一次壮丽的分娩
如同一种启示,它能听见那遥远的回声
在这里只有石头,是没有形式的意志
它的内核散发着黑暗的密语和隐喻
哦,只要有了高度,每一滴水都让我惊奇
千百条静脉畅饮着未知无色的甘露
羚羊的独语,雪豹的弧线,牛角的鸣响

---

① 扎曲、卡日曲、约古宗列曲:黄河源头三条最初源流的名字。

在风暴的顶端,唤醒了沉睡的信使

哦大河,没有谁能为你命名
是因为你的颜色,说出了你的名字
你的手臂之上,生长着金黄的麦子
浮动的星群吹动着植物的气息
黄色的泥土,被揉捏成炫目的身体
舞蹈的男人和女人隐没于子夜
他们却又在彩陶上获得了永生
是水让他们的双手能触摸梦境
还是水让祭祀者抓住冰的火焰
在最初的曙光里,孩子,牲畜,炊烟
每一次睁开眼睛,神的面具都会显现

哦大河,在你的词语成为词语之前
你从没有把你的前世告诉我们
在你的词语成为词语之后
你也没有呈现出铜镜的反面
你的倾诉和呢喃,感动灵性的动物
渴望的嘴唇上缀满了杉树和蕨草
你是原始的母亲,曾经也是婴儿
群山护卫的摇篮见证了你的成长
神授的史诗,手持法器的钥匙
当你的秀发被黎明的风梳理
少女的身姿,牵引着众神的双目
那炫目的光芒让瞩望者失明

那是你的蓝色时代,无与伦比的美
宣告了真理就是另一种虚幻的存在
如果真的不知道你的少女时代
我们,他们,那些尊称你为母亲的人
就不配获得作为你后代子孙的资格
作为母亲的形象,你一直就站在那里
如同一块巨石,谁也不可以撼动

我们把你称为母亲,那黝黑的乳头
在无数的黄昏时分发出吱吱的声音
在那大地裸露的身躯之上,我们的节奏
就是波浪的节奏,就是水流的节奏
我们和种子在春天许下的亮晶晶的心愿
终会在秋天纯净的高空看见果实的图案
就在夜色来临之前,无边的倦意正在扩散
像回到栏圈的羊群,牛粪的火塘发出红光
这是自由的小路,从帐房到黄泥小屋
石头一样的梦,爬上了高高的瞭望台
那些孩子在皮袍下熟睡,树梢上的秋叶
吹动着月亮和星星在风中悬挂的灯盏
这是大陆高地梦境里超现实的延伸
万物的律动和呼吸,摇响了千万条琴弦

哦大河,在你沿岸的黄土深处
埋葬过英雄和智者,沉默的骨头
举起过正义的旗帜,掀起过愤怒的风暴

我，雪豹……

没有这一切，豪放、悲凉、忧伤的歌谣
就不会把生和死的誓言掷入暗火
那些皮肤一样的土墙倒塌了，新的土墙
又被另外的手垒起，祖先的精神不朽
穿过了千年还赶着牲口的旅人
见证了古老的死亡和并不新鲜的重生
在这片土地上，那些沉默寡言的人
当暴风雨突然来临，正以从未有过的残酷
击打他们的头颅和家园最悲壮的时候
他们在这里成功地阻挡了凶恶的敌人
在传之后世并不久远的故事里，讲述者
就像在述说家传的闪着微光温暖的器皿

哦大河，你的语言胜过了黄金和宝石
你在诗人的舌尖上被神秘的力量触及
隐秘的文字，加速了赤裸的张力
在同样事物的背后，生成在本质之间
面对他们，那些将会不朽的吟诵者
无论是在千年之前还是在千年之后
那沉甸甸丰硕的果实都明亮如火
是你改变了自己存在于现实的形式
世上没有哪一条被诗神击中的河流
能像你一样成为一部诗歌的正典
你用词语搭建的城池，至今也没有对手

当我们俯身于你，接纳你的盐和沙漏

看不见的手，穿过了微光闪现的针孔
是你重新发现并确立了最初的水
唯有母语的不确定能抵达清澈之地
或许，这就是东方文明制高点的冠冕
作为罗盘和磁铁最中心的红色部分
凭借包容异质的力量，打开铁的褶皱
在离你最近的地方，那些不同的族群
认同共生，对抗分离，守护传统
他们用不同的语言描述过你落日的辉煌
在那更远的地方，在更高的群山之巅
当自由的风从宇宙的最深处吹来
你将独自掀开自己金黄神圣的面具
好让自由的色彩编织未来的天幕
好让已经熄灭的灯盏被太阳点燃
好让受孕的子宫绽放出月桂的香气
好让一千个新的碾子和古旧的石磨
在那堆满麦子的广场发出隆隆的响声
好让那炉灶里的柴火越烧越旺
火光能长时间地映红农妇的脸庞

哦大河，你的两岸除了生长庄稼
还养育了一代又一代名不虚传的歌手
他们用不同的声调，唱出了这个世界
不用翻译，只要用心去聆听
就会被感动一千次一万次的歌谣
你让歌手遗忘了身份，也遗忘了自己

我，雪豹……

在这个星球上，你是东方的肚脐
你的血管里流淌着不同的血
但他们都是红色的，这个颜色只属于你
你不是一个人的记忆，你如果是——
也只能是成千上万个人的记忆
对！那是集体的记忆，一个民族的记忆

当你还是一滴水的时候，还是
胚胎中一粒微小的生命的时候
当你还是一种看不见的存在
不足以让我们发现你的时候
当你还只是一个词，仅仅是一个开头
并没有成为一部完整史诗的时候
哦大河，你听见过大海的呼唤吗？
同样，大海！你浩瀚、宽广、无边无际
自由的元素，就是你高贵的灵魂
作为正义的化身，捍卫生命和人的权利
我们的诗人才用不同的母语
毫不吝啬地用诗歌赞颂你的光荣
但是，大海，我也要在这里问你
当你涌动着永不停息的波浪，当宇宙的
黑洞，把暗物质的光束投向你的时候
当倦意随着潮水，巨大的黑暗和寂静
占据着多维度的时间与空间的时候
当白色的桅杆如一面面旗帜，就像
成千上万的海鸥在正午翻飞舞蹈的时候

哦大海！在这样的时刻，多么重要！
你是不是也呼唤过那最初的一滴水
是不是也听见了那天籁的第一个音符
是不是也知道了创世者说出的第一个词！

这一切都有可能，因为这条河流
已经把它的全部隐秘和故事告诉了我们
它是现实的，就如同它滋养的这片大地
我们在它的岸边劳作歌唱，生生不息
一代又一代，迎接了诞生，平静的死亡
它恩赐予我们的幸福、安宁、快乐和达观
已经远远超过了它带给我们的悲伤和不幸
可以肯定，这条河流以它的坚韧、朴实和善良
给一个东方辉煌而又苦难深重的民族
传授了最独特的智慧以及作为人的尊严和道义
它是精神的，因为它岁岁年年
都会浮现在我们的梦境里，时时刻刻
都会潜入我们的意识中，分分秒秒
都与我们的呼吸、心跳和生命在一起
哦大河！请允许我怀着最大的敬意
——把你早已闻名遐迩的名字
再一次深情地告诉这个世界：黄河！

石官古道
——致诗人苏轼

车辙留下的痕迹，
已经有一千年。
确有一架缓慢的牛车，
压住了时间深处的罗盘，
让你在风中成为不朽。
但这并不是命运——
对流放者的恩赐和馈赠，
而是诗歌在最后的胜利。

信仰的权利
——致哈里森·索尔兹伯里[1]

我当然知道,你曾经说过,
中国工农红军的二万五千里长征,
是前所未闻的故事。
你也曾重复过埃德加·斯诺的话,
长征永远是人类历史上——
最激动人心的一次远征!
其实用不着你再去证明,
因为长征毫无疑问是二十世纪,
改变了世界进程用血和生命谱写的壮举。
尽管这样,我对你那力求真实的书写,
始终抱有极大的钦佩和尊敬,
因为你是其中一位超越了偏见,
用另一种文字记录过长征的人。
但是,原谅我——
在这里我没有把长征说成是一个神话,
如果真的是那样——
那将是我们的浅薄和无知,
同样我们的内心也会感到不安。

---

[1] 哈里森·索尔兹伯里(1908—1993):美国著名记者、作家,曾任美国文学艺术学会主席、全美作家协会主席。著有《列宁格勒被困九百天》《长征——前所未闻的故事》等作品,闻名于世。

是的,朋友,这不是神话和传说,
那是我们的父辈——
为了改变一个东方古老民族的命运,
所付出的最为英勇壮烈的牺牲。
他们中间的大多数人,
都没有看到那个动人心魄的未来,
直到今天我们也无法全部说出他们的名字。
八万六千名战士——
绝不是一个数字冰冷的统计,
潜入他们的血管,我们能听见,
每一条汹涌的河流穿越大地的声音,
他们的每一次心跳和呼吸,
都如同黎明时吹过群山和原野的风,
在最黑暗的年代,让号角吹出了火焰和曙光!
哈里森·索尔兹伯里——
正如你在书中记录的那样,
这次人类有文字记载以来的重大事件,
最终只有六千多人活了下来。
但是,但是,索尔兹伯里——
我相信你对这个事件做出的记录,
但你仍然没有回答一个最重要的问题,
那就是这一群不惜牺牲的男男女女,
是什么力量支撑他们走出了绝境,
又是何种精神,让他们相信明天还会来临。
可以肯定,他们优秀的品质不是天生的,
作为人他们都是普通的生命个体。

同样,需要我们回答的还有——
是谁,将这一群人铸造成了英雄,
成为这片苦难的土地上自由的象征?
是的,面对这样一些问题——
我们必须回答,永远不能回避。
无论我们一次又一次地去追问,
逝去的岁月和沉默的时间,
无论我们是不是——
在今天这样一个喧嚣的世纪,
已经淡忘了民族记忆中最宝贵的东西,
我们都必须回答这个严肃的问题。
对于我们今天活着的每一个人,
回答这个问题,或许不是命令和要求,
但它却是对我们良心的拷问。
哈里森·索尔兹伯里——那我告诉你,
是磐石和钢铁一般的信仰,
才让我们的父辈创造了超越生命的奇迹。
否则,他们中的一些人,
就不会抛弃优越的生活和地位,
去献身一种并非乌托邦的崇高事业。
这个队伍的基础穷苦的农民子弟,
也不可能被锤炼成坚定的战士。
对这样一段荡气回肠的故事,
我当然相信,也是作为一个诗人预言,
再过一百年,再过一千年,
它仍然会是一个民族集体的记忆。

我，雪豹……

到那时候我们的后人——
也一定会对他们的先辈肃然起敬。
如果在今天我们生活的时代，
还有什么可传承和值得自豪的权利，
那就是我们父辈留给我们的——
信仰的权利，而绝不会是其他。
难怪有一位幸存的女革命家这样说，
要是我们背弃了死难者的理想，
就是多活一天，也是一种罪过！

纪念爱明内斯库[①]

从另一种语言的边缘进入你
毫无疑问你就是母语的燧石
不是所有的诗人都享有这般殊荣
在许多古老语言构建的世界
总会有一个人站在群山之巅
我不相信,这是神的意志和眷顾
但无法否认命运对受礼者的垂青
你不是马蹄铁在原野上闪着微光
而是铁锤敲打铁砧词语的记录
难怪在喀尔巴阡山[②]有人看见
你的影子在太阳的金属中飘浮
那一定是你——不是别人!
一直就存活在时间之船的额头
在那通向溪水永远流淌的路上
只要还有人在吟诵你的诗歌
就证明了多依那[③]的传统仍在延续
如果遥望肃穆寂静蓝色的天幕
只有金星的灿烂冠盖了拱顶
不是所有的诗人——当然不是!

[①] 爱明内斯库(1850—1889):罗马尼亚19世纪下半叶最伟大的民族诗人。
[②] 喀尔巴阡山:欧洲中部山系的东段部分,绵延约1500千米,穿越数国。
[③] 多依那:罗马尼亚一种抒情民歌的名称。

我，雪豹……

能像你那样置身于核心的位置
当你的诗成为自由的空气和风
不朽的岩石和花朵悬浮于记忆
其实从那一刻起——长发飘逸的天才
你就已经战胜了世俗的死亡
因为在七弦琴①到过的每一个地方
在你那滚动着金黄麦秸的祖国
你的墓地——就是另一个摇篮！
但是又有几人知道，你屹立在山顶
没有退路，你就是风暴的箭靶
站在这样的高度，最先迎接了曙光
因为雷电的击打留下了累累伤痕
然而正是因为你站在了队伍的前列
你点燃的火炬才穿越了所有的世纪
我知道，我知道，我当然知道
在每一处——生死轮回的疆域
都会有一个是宙斯②，真正的独角兽
就是面对死亡，你也会是第一个
让刀尖插入胸膛，背负着十字架的人
不是所有的诗人——当然不是！
只有那些时刻准备着牺牲的人
才被赋予了这样神圣的权利
这绝不是特殊，而要具备一种品质

---

① 七弦琴：罗马尼亚一种古老的民间乐器。
② 宙斯：古希腊神话中奥林匹斯山的最高天神，他统治着人和神的世界。

就是在不幸和苦难来临的时候
能甘愿为大多数人去从容赴死
假如谁要问我——如何才能通向
他们精神城堡的大门，如何——
才能用最快捷的方式打开
一个民族心灵最隐蔽的门扉
那我就告诉你，只有一个办法：
潜入他们诗歌和箴言的大海
一直潜到最幽深而不可测的部位
哦！那黑色的鲸！或许它就是
思想苍穹喉咙里红色的狮子
你还可以——与幻想一起飞翔
只要逃离了地球的引力，你就能
攀爬上文字的天梯，终于看见
鸟类中的巨无霸——罕见的鹰王！
假如你最后还要问我——我当然
会如实地说——阅读爱明内斯库吧
你一定会看见罗马尼亚的——灵魂！

我，雪豹……

双重意义

诗人尼基塔·斯特内斯库①
在他临终前，对抢救他的年轻医生说：
"请给我一点点你们的青春！"
无疑这是对生命的渴望和赞美，
是对逝去的时间以及岁月的褒奖。
作为肉体的现实，穿越乌有的马匹，
不论是夜晚，还是更长的白昼，
当那一天来临，穹顶上再没有
一颗悬挂睡眠和头颅的钉子。
或许这不是一次回眸，仅仅是
死亡的一种最常规的形式。
如果说物体和思想的存在
本身就是另一种并非想象的虚无。
难怪作为一个曾经活着的人，
跟不同的影子捉迷藏和游戏，
就足以消耗螺旋形的一生。
尽管生命的磁铁并不单调乏味，
但那仍然是生者赋予了它双重的意义。
也许正因为此，荒诞的生活连同

---

① 尼基塔·斯特内斯库(1933—1983)：罗马尼亚著名诗人，被公认为罗马尼亚当代现代派诗歌的代表人物。

被抽象的词语，才能在光的

指引下，一次次拒绝黑暗和死亡。

在尼基塔·斯特内斯库的墓地

如果再晚一分钟,
你居住的墓园就要关闭
夜色降临前的门。
用一种姿势睡在泥土里,
时间的板斧终于成了盾牌。
此刻,手臂是骨头的笛子,
词语将被另一个影子吹响。
凝视的眼睛,穿过黑暗的石头,
思想的目光爬满永恒的脊柱。
一个过客,吞食语言的钢轨,
吞食饥渴的星球,吞食虚无的圆柱。
当死亡成为你的线条的时候,
当生命变成四轮马车发黑的时候,
当发硬的颅骨高过星辰的时候:
唯有你真实的诗歌犹如一只大鸟,
静静地飘浮在罗马尼亚的天空。

写给我在海尔库拉内[1]的雕像
——致诗人伊利耶·柯里斯德斯库[2]

我的眼睛

在海尔库拉内。

我的眼睛,犹如

静止的大海,透明的球体,

山峦、河流、城市、圣殿……

我的眼睛,以万物的名义

将黑暗和光明的幕布打开。

或许这就是核心和边缘的合一。

我的眼睛,如果含满了泪水,

只能是,也只可能是海尔库拉内

的悲伤,让我情不自禁地哭泣。

我的眼睛里露出了微笑,

那是因为唯一。唯一的海尔库拉内,

被众多语言的诗歌在宴席上颂扬。

我的耳朵

在海尔库拉内。

一只昆虫的独语,消失在

思想的白色的内部。

---

[1] 海尔库拉内:位于罗马尼亚东部的城镇。
[2] 伊利耶·柯里斯德斯库:罗马尼亚当代诗人,罗马尼亚西方大学教授。

我，雪豹……

我的耳朵，知晓石头整体的黑洞，
能听见沙砾的呐喊，子宫的沉默。
更像坠落高处的星辰，置于头顶的铁具。
而只有我的嘴巴，在海尔库拉内，
等待着，等待着……有一天，
我进入它的体内，发出心脏的声音。

运 河

并不是所有人类对自然的
改造,都是一种破坏,
虽然这已经有数千年的历史。
比如对运河的开凿,就是
一个伟大而完整的例证……
当叮当的金属划开大地的身躯,
自由的胸腔鼓动着桅杆的羽翼。
在水的幻影之上,历史已被改写。
疾驰的木船,头上是旋转的天体,
被劈开的石钟,桨叶发出动听的声音。
挖掘坚硬的水槽,直到硕大的生铁,
将线路固定,词语定位成高空的星座。
不是山峦的原因,更不是风的力量,
而是清澈柔软的水创造了奇迹:
君王的权杖。宫殿的圆柱。战争的粮草。
帝国的命脉。晃动的酒杯。移动的国库。
被水滋养的财富。用盐解除的威胁。
输入权力中心的血液。压倒政敌的秘籍。
流动的方言。女人真情或假意的啜泣。
并非对抗的交易。埋葬过阴谋的河床。
相对存在的虚拟。一直活着的死亡。

多么不幸,如果运河里再没有了水,
它所承载的一切,当然就只能成为
零碎的记忆和云中若隐若现的星星。

我始终热爱弱小的事物

我始终热爱弱小的事物,
也许是我与生俱来的一种偏好。

在我们这个世界,
强大的事物已经足够显赫。
主宰旋转的星球以真理和正义的名义,
手持太阳光辉的利剑保护道德的法则。
可是古老野蛮的罪行却还在出现:
在利比亚和阿富汗,在今天的耶路撒冷,
从对抗的科索沃到血亲复仇的车臣,
在流血的伊拉克,也在哭泣的叙利亚。

还有直到今天仍陷入内战的索马里,
发生犯罪的现场绝不仅仅在这些地方,
被无辜杀害的人数还在快速增长。
诚然对灵魂的救赎一天也没有停止,
但当我们面对无辜的叫喊和呻吟,
却不能将他们拯救出人间的地狱。

我不知道大地与天空真实的距离,
但我却能辨别出魔鬼与天使的差异。
哦!这是谁的手在向空中抛掷骰子?

为什么总是弱小的一边遭到惩罚?

我始终热爱弱小的事物,
也许是我与生俱来的一种偏好。
这些弱小的事物就在那里,
遍及世界的每一个角落。
在黑暗的阴影里,像一滴凝固的泪,
一段母语哽咽的歌谣。
这些被所谓人权忽视的声音,
偏远。落后。微弱。永远不在
强势文明定义的中心。但我却
选择了与他们站在一起。

口弦的力量

细小的声音

从大地和宇宙的深处

刺入血的

叫喊

我的心脏

开始了

体外的跳动

就像一个

传统的勇士

还在阵地上

我曾有过

这样的战绩

用一把口弦

打退了

一个乐团的进攻

马鞍的赞词

沉默的时候,时间的车轮,
并没有停止

一　等待

回忆昔日的黄金,
唯独只有骑手醒来:
风吹过眼球,
吹过头颅黑色的目光。
鼓动的披风,自由的
手势,与空气消融。

鹰隼的儿子,
另一半隐形的翅膀,
呈现于光的物体。

飞翔于内在的
悬疑,原始的秘密,
熄灭在鸟翅之上。

至尊的荣誉,
在生命之上,死亡的光环
涌动在群山的怀抱。

骑手,还在颂词中睡眠,
但黎明的吹奏
却已经在火焰的掩护下
开始了行进。

二　符号的隐喻

骑手没有名字,
他们的名字排列成阶梯。
鞍座只记忆胜利者,
唯有光明的背影,永远
朝前的姿势融化于黑暗。

眼底的空洞透明晶莹,
风的手指紧紧地拽着后背。
马脊骨是一条直线,
动与静在相对中死去,
旋转的群山坠落入蓝色,
苍穹和大地脱离了时间。

耳朵转向存在的空白,
在迅疾的瞬间,进入了灭亡。
针孔。黑洞。无限。盲点。
声音弥散在巨大的宇宙,
周而复始地替换,没有目的,
喉咙里巫语凝固后消失。

我，雪豹……

哦，骑手！不论你的血统怎样，
是紫色，是黑色，还是白色，
马背上的较量只属于勇士。
没有缝隙，拒绝任何羞耻的呼吸，
比生命更高贵的是不朽的荣誉。
你看，多快的速度穿过了肋骨，
只有它能在天平上分出高低。

三　马蹄铁的影子

永远不会衰竭……
每一次弯曲，都以绝对的
平衡告别空虚。
肢体的线条自由地起伏，
踏着大地盛开的花朵。
无数的幻影叠加飞行，
前倾的身体刺入了未来，
肩膀上只有摇曳的末端。

四肢的奔腾悬浮空中，
撒落的种子，
受孕于无形的胎心。
持续性的那一边，
没有燃烧的箭矢。
名字叫达里阿宗的坐骑，
被传颂在词语的虹膜，
不被意识的空格拉长，

但能目睹马蹄铁的坠落。
无须为不朽的勇士证明，
那些埋下了尸骸的故土，
只要低头凝视，就能找到
碎铁的一小片叶子。

四　三色的原始

黑色的重量透彻骨髓，
那是夜晚流动的秘密，
大地中心的颜色，
往返坐直的权杖。

在缄默的灵魂里，
没有，或者说，它的高贵
始终在黄金之上，
所有的天体守候身旁。

太阳的耳环，
光明涌入的思想，
哦，永恒的金属，
庞大溢满的杯子。

抓住万物的头发，
吹动裸露的胸膛，
唯恐逃离另一个穹顶，
词语的舌尖舔舐了铁。

我，雪豹……

血液暗红的色素，
来自祭祀的牛羊。
红色的生命之躯，
渴望着石头的水。

只有含盐的血
拌入矿物质的疯狂，
那只手，才能伸向
成熟乳房的果实。

朝我们展开了
生殖力最强的部分，
没有别的颜料，
只有红黄黑
在诞生前及死亡后
成为纯粹的记忆。

五　静默的道具

能听见无声的嘶鸣，
但看不到那匹马。
当火焰，穿过岩石和星座，
是谁在呼喊骑手的名字？
否则，抬起的前蹄
不会踏碎虚无的存在。

那只手抓住了缰绳,
在马背之上如弧形的弓,
等待奔向黑暗的瞬间。
是骨骼对风的渴望,
还是马鞍自由的意志,
让虚幻的骑手,在轻唤
月色中隐形的骏马?

三色原始的板块,
呈现出宁静的光芒,
原始的底色,潜藏着
断裂后的秘密。
哦,伟大的冲刺才属于你,
拒绝进入那永恒的睡眠。

总有一天,那个时刻,
要降临到词语的中心,
你会突然间醒来,
在垂直的天空下飞翔,
没有头部,没有眼睛,也没有
迎风飘扬的尾巴。
你的四蹄被分成影子,
虽然已经脱离了躯体,
但那马蹄铁嗒嗒的回声
却响彻回荡在天际。
是的,你已经将胜利的
消息,提前告诉了我们。

我，雪豹……

鹰的诞生和死亡

——你的诞生和死亡
都同样伟大

一　孵的标志

在最高的地方，
那是悬崖迎接曙色
唯一国度，
什么也看不见，
只是一个蛋，不会旋转
那无数针孔的门。
没有从前，都是开始，
悬浮的空气和记忆
在转世前已经遗忘。

一块圆滑的石头，
柔软的水的核心，
这是真正胎腹的混沌，
那里是另一个大海
时间涌动着渴望的水，
直到那四肢成形，
心脏的拳头敲击着
未来虔诚的胸膛。

哦,是的,那是你的宇宙,
它的外面是宇宙的宇宙。
穹顶飘落鹅黄色的光,
无法用嘴说出一种意义。
能看见无色无味的瀑布,
尽管没有声音,自上而下
弥漫在思想的周围。

你的呼吸不在内部,
是太阳的光纤
进入了蓝色的静脉。
抽象的一,或者七,
那才是你伟大的父亲,
因为最终孕育的脐带,
都被它们始终握住。

二 天空之心

向太阳致敬,
向天空和无限的
牵引之力致敬……
是你用金属的嘴角,
以诞生和反抗的名义,
用光的铁锤,敲打着
倒立在顶部的砧板。
当你的天体破裂的时刻,

我，雪豹……

光明见证了你的诞生：
没有风暴的迹象，但白昼的
雷电却在天际隐约地闪现。

你没有出现的时候，
父子连名的古老传统，
就已经为你的到来命名。
当你瞩望浩瀚的星空，
陨石的坠落，就像梦境里
嬉戏的星星那样无常。
或许你还并不了解
生命虚无的全部意义，
但你的出现，却给天空的
心脏，装上了轮子和羽翼。
因为你，天空的高度
才成为其中一种高度，
否则，没有那个黑色的句号，
一分为三的白色只是白色。

时刻与万物保持着
隐秘的对话和情感，
站立在黎明的巢中，
对于你清澈反光的镜子，
那些影像和柔软的思绪，
已经从第三方听到了
你的心跳黑洞的节奏。

对于草原和群山而言,你或许是
一匹马,一种速度,一段久唱不衰
的民歌,然而对于天空
你的存在要大于数字的总和。

三　退隐时间

伟大的高度,才会有
绝对的孤寂,迎着观念的
空无,语言被思想杀死。
有一百种姿势供你选择,
但只有一种姿势是你
盘旋在粒子之上的威仪,
那就是浮动于暂停的时间,
没有前没有后,没有左和右,
没有上没有下,失去了存在。

没有重量循环的影子,
仅仅是飞翔的一种形式。
涡流的气体,划过内部的
薄片,巨大无形的力量
比受益的睡眠还轻。
翅膀上羽毛的镀铜闪亮,
承载着落日血红的余晖。
不能再高,往上是球体的空白,
往下巡视,比线还细的江河
冒着虚拟水晶的白烟。

绿色的森林，不是混合色块，
除了居住在星球外的果实，
你的目光都能捕捉到踪迹。

一片叶子、一只昆虫、迁徙
的蚂蚁、被另类抚摸过的石头，
瞳孔里的映象，被放大了千倍。

目睹过生物间的杀戮，
那是自然法则又非法则，
所有的生命都参与其中，
唯有人类的罪孽尤为深重。

在人迹罕至的崖顶，
每一次出发和归来，
哦，流动的谜一样的灵物，
只留下了空无的气息。

四　守护圆圈

如同守护疆域，
没有丢失过一次阵地，
作为一个物种，
捍卫了自由和生命的
权利……

尽管思想的长矛

被插入了椎骨的肚脐，
但词语构筑的星星和月亮，
仍然站立在肩头。
祖先留下的那副盾牌，
迎击了一次次风暴。

承接过宇宙的巨石，
吮吸传统的谚语，将受伤的
木碗，运往安全的地方。
那是秘密的护身符，
它将从魔鬼和天使的中间
从容不迫地滑翔而过。

将大地和天空的语言，
书写在果实内脏的部位，
如果失去另一半自我，
无疑就已经临近死亡。
紧紧握住磁铁的一端，
否则，将会在失血时倾倒。

从颅骨到坚硬的脚趾，
神枝插满了未知的天幕，
没有名字的星座，部族的祭司
在梦里预言了你最后的死期。

我，雪豹……

五　葬礼

知道那个时辰已经来临，
它比咒语的速度更要迅捷。
你的眼睛，蓄满黑色之盐，
祖先的绳结套住了脊柱。

这是一件献给不朽未来的
最后的礼物，也是一次
向生命的致敬和道歉。
无须将活着的意义告诫万物，
它们知道得或许还要更多。

哦，天空的道路，已经
呈现出白色的路线，
那是通往死亡的圣殿。
送魂的经文将被重复吟诵，
死亡的仪式在今天
已经超过了诞生的隆重，
而这一切都将独自完成。

朝着落日的位置瞩望，
那里的风速正在改变着
永恒的方向，在更高的地方，
紫色的云朵静止如玻璃。

哦,快看！是你正朝着太阳的位置
迅速地拔高,像一道耀眼的光芒,
羽毛发出咝咝的声音,划破的
空气溅射出疼痛无色的血浆。

你还在拔高,像失控箭矢,
耗尽最后的力量,力争达到
那个毁灭与虚无的顶点。
是的,你达到了:一声沉闷的爆炸,
在刺眼的光环中,完成了你的
祖辈们都完成过的一件事情。
此时,辽阔的天空一片沉寂,
只有零碎的羽毛还在飘落。

我，雪豹……

人性的缺失

我在达基沙洛的祖屋里读书，
火塘里的火正在渐渐地熄灭。

这是谁书写的一部历史？
远处的群山似乎也在聆听。

从1781年瓦特先生的发明开始，
他们就挥动着旗帜开着蒸汽机，
带来了巨人般的新世界的动力。
在荒原，在海上，在人类渴望的地方，
当火车高声鸣笛冒出乳白色的气体，
轮船以从未有过的马力破浪前行。
那时，世纪的婴儿发出第一声啼哭，
莱特兄弟①的飞机，让多少人的梦想
穿越了无法想象的白色的高度。
哦，人类！为什么不为我们自己取得
的成就而倍感自豪又欣喜若狂呢？
钢铁的速度抵达了人迹罕至的部落，
在送去所谓文明的时候也送去了梅毒，

---

① 莱特兄弟：指美国飞机发明家威尔伯·莱特和奥维尔·莱特两兄弟。1903年12月17日，他们完成了人类历史上第一架飞机的成功试飞。

任何一个被定义为野蛮人生活的区域,
都能听到原始的乐器发出啜泣的声音。

无论是古代希腊,还是我们的时代,
这个星球的历史并非在简单重复,
当我们瞩望浩瀚无垠神秘的星空,
总会在一个瞬间遗忘生命遭遇的不幸,
但酷刑和杀戮每时每刻都还在发生。
爱迪生的灯光,在圣诞时多么明亮,
那一双双眼睛充满了对新年的期待。
而纳粹的焚尸炉,却用电将还活着的人
连同他们的绝望和恐惧都烧成了灰烬。
其实今日的现实就如同逝去的昨天,
叙利亚儿童在炮火和废墟上的哭声,
并没有让屠杀者放下手中的武器。
这一个多世纪以来人类又拥有了:
原子能,计算机,纳米,超材料,机器人,
基因工程,克隆技术,云计算,互联网,
数字货币,足以毁灭所有生物的武器。

但是面对生命,只是他们具备了杀死对方
更快捷更精准的办法。而人类潜藏的丑恶
却没有因为时间的洗礼而发生任何改变。

我在达基沙洛的祖屋里读书,
火塘里的火正在渐渐地熄灭。

我，雪豹……

叫不出名字的人

什么是人民？就是每天在大街上行色
匆匆而面部各异的男人和女人，就是
一个人在广场散步，因为风湿痛战栗着走路
需要扶着手杖，走出十米也比登天还难的老人，
就是迎风而行，正赶去学堂翩跹而舞的少年，
当然，也是你在任何一个地方，能遇见的
叫不出名字的人，因为你不可能一一认识他们。
人民是一个特殊用语？还是一个抽象的称谓？
我理解如果没有个体的存在，就不可能有我们
经常挂在嘴边和文章中提到的这个词。
因为人民也许是更宏大的一种政治的表述，
我们说大海的时候，就很像我们在说着人民。
有人说一滴水并不是大海，就如同说他对面那个
人不是人民，这样的逻辑是否真的能够成立？
也许你会说没有一粒粒的沙，怎么可能形成
浩瀚无边的沙漠？但仍然会有一种观点一直坚持
他们的说法：沙和沙漠就是吹动的风和风中的影子。
对于一滴水，我们也许忽视过它的存在，当成千上万
滴水汇聚成大海的时候，我们才会在恍然间发现
它的价值。对于人民，我没有更高深复杂的理解，
很多时候它就是那些走出地铁通道为生活奔波
而极度疲乏的人，就是那些爬上脚手架劳累了

一天的人,还有那些不断看着时间赶去幼儿园
接孩子的人,这些人的苦恼和梦想虽然千差万别,
但他们有着一个共同的特点:都是最普通的人。
这些人穿过城市,穿过乡村,穿过不同的幸福和悲伤,
他们有时甚至是茫然的,因为生存的压力追赶着他们,
但作为一个人就像大海中的一滴水,当隐没于蓝色,
我们就很难从那汹涌澎湃的波涛中找寻到它的踪迹。

正因为此,我才相信一个个鲜活的生命。

我，雪豹……

对我们而言

对我们而言，祖国不仅仅是
天空、河流、森林和父亲般的土地，
它还是我们的语言、文字、被吟诵过
千万遍的史诗。
对我们而言，祖国也不仅仅是
群山、太阳、蜂巢、火塘这样一些名词，
它还是母亲手上的襁褓、节日的盛装、
用口弦传递的秘密、每个男人
都能熟练背诵的家谱。
难怪我的母亲在离开这个世界的时候
对我说："我还有最后一个请求，一定
要把我的骨灰送回到我出生的那个地方。"
对我们而言，祖国不仅仅是
一个地理学上的概念，它似乎更像是
一种味觉、一种气息、一种声音、一种
别的地方所不具有的灵魂里的东西。
对于置身于这个世界不同角落的游子，
如果用母语吟唱一支旁人不懂的歌谣，
或许就是回到了看不见的祖国。

261

迟到的挽歌
——献给我的父亲吉狄·佐卓·伍合略且

当摇篮的幻影从天空坠落
一片鹰的羽毛覆盖了时间,此刻你的思想
渐渐地变白,以从未体验过的抽空浮游于
群山和河流之上。

你的身体已经朝左屈腿而睡
与你的祖先一样,古老的死亡吹响了返程
那是万物的牛角号,仍然是重复过的
成千上万次,只是这一次更像是晨曲。

光是唯一的使者,那些道路再不通往
异地,只引导你的山羊爬上那些悲戚的陡坡
那些守卫恒久的刺猬,没有喊你的名字
但另一半丢失的自由却被惊恐洗劫
这是最后的接受,诸神与人将完成最后的仪式。

不要走错了地方,不是所有的路都可以走
必须提醒你,那是因为打开的偶像不会被星星照亮,
只有属于你的路,才能看见天空上时隐时现的
马鞍留下的印记。听不见的词语命令虚假的影子
在黄昏前吓唬宣示九个古彝文字母的睡眠。

我，雪豹……

那是你的铠甲，除了你还有谁
敢来认领？荣誉和呐喊曾让猛兽陷落
所有的耳朵都知道你回来了，不是黎明的风
送来的消息，那是祖屋里挂在墙上的铠甲
发出了异常的响动
唯有死亡的秘密会持续。

那是你白银的冠冕，
镌刻在太阳瀑布的核心，
翅翼聆听定居的山峦
星座的沙漏被羊骨的炉膛遣返，
让你的陪伴者将烧红的卵石奉为神明
这是赤裸的疆域
所有的眼睛都看见了
那只鹰在苍穹的消失，不是名狗
克玛阿果①咬住了不祥的兽骨，而是
占卜者的鹰爪杯在山脊上落入谷底。

是你挣脱了肉体的锁链？
还是以勇士的名义报出了自己的族谱？

死亡的通知常常要比胜利的
消息传得更快，也更远。

---

① 克玛阿果：彝族历史传说中一只名狗的名字。

263

这片彝语称为吉勒布特的土地
群山就是你唯一的摇篮和基座
当山里的布谷反复突厥地鸣叫
那裂口的时辰并非只发生在春天
当黑色变成岩石，公鸡在正午打鸣
日都迪萨①的天空落下了可怕的红雪
那是死神已经把独有的旗帜举过了头顶
据说哪怕世代的冤家在今天也不能发兵。

这是千百年来男人的死亡方式，并没有改变
渴望不要死于苟且。山神巡视的阿布则洛②雪山
目睹过黑色乌鸦落满族人肩头如梦的场景
可以死于疾风中铁的较量，可以死于对荣誉的捍卫
可以死于命运多舛的无常，可以死于七曜日的玩笑
但不能死于耻辱的挑衅，唾沫会抹掉你的名誉。

死亡的方式有千百种，但光荣和羞耻只有两种
直到今天赫比施祖③的经文都还保留着智者和
贤人的名字，他的目光充盈并点亮了那条道路
尽管遗失的颂词将从褶皱中苏醒，那些闪光的牛颈
仍然会被耕作者询问，但脱粒之后的苦荞一定会在
最严酷的季节——养活一个民族的婴儿。

---

① 日都迪萨：凉山彝族聚居区的一个地名，传说是彝族火把节的发源地。
② 阿布则洛：凉山彝族聚居区布拖县境内的一座神山。
③ 赫比施祖：凉山彝族历史上最著名的毕摩之一。

我,雪豹……

哦,归来者!当亡灵进入白色的国度
那空中的峭壁滑行于群山哀伤的胯骨
祖先的斧子掘出了人魂与鬼神的边界
吃一口赞词中的燕麦吧,它是虚无的秘籍
石姆木哈①的巨石已被一匹哭泣的神马撬动。

那是你匆促踏着神界和人界的脚步
左耳的蜜蜡聚合光晕,胸带缀满贝壳
普嫫列依②的羊群宁静如黄昏的一堆圆石
那是神赐予我们的果实,对还在分娩的人类
唯有对祖先的崇拜,才能让逝去的魂灵安息
虽然你穿着出行的盛装,但当你开始迅跑
那双赤脚仍然充满了野性强大的力量。

众神走过天庭和群山的时候,拒绝踏入
欲望与暴戾的疆域,只有三岁的孩子能
短暂地看见,他们粗糙的双脚也没有鞋。

哦,英雄!我把你的名字隐匿于光中
你的一生将在垂直的晦暗里重现消失
那是遥远的迟缓,被打开的门的吉尔。

---

① 石姆木哈:凉山彝族传说中亡灵的归属地,传说它的位置在天空和大地之间。
② 普嫫列依:彝族创世神话中的女神之一,是创世英雄支格阿鲁贞洁受孕的母亲。

那是你婴儿的嘴里衔着母亲的乳房
女人的雏形,她的美重合了触及的
记忆,一根小手指拨动耳环的轮毂
美人中的美人,阿呷·嫫①真正的嫡亲
她来自抓住神牛之尾涉过江水的家族。

那是你的箭头,奔跑于伊姆则木②神山上的
羚羊的化身,你看见落叶松在冬日里嬉戏
追逐的猎物刻骨铭心,吞下了赭红的饥馑
回到幻想虫蛹的内部,童年咬噬着光的羽翼。

那是你攀爬上空无的天梯,在悬崖上取下蜂巢
每一个小伙伴都张大着嘴,闭合着满足的眼睛
唉,多么幸福!迎接那从天而降的金色的蜂蜜。

那是你在达基沙洛的后山倾听风的诉说
听见了那遥远之地一只绵羊坠崖的声音
这是马嚼子的暗示,牧羊的孩子为了分享
一顿美餐,合谋把一只羊推下悬崖的木盘
谁能解释童年的秘密,人类总在故技重演。

那是谁第一次偷窥了爱情给肉体的馈赠
知晓了月琴和竖笛宁愿死也要纯粹的可能

---

① 阿呷·嫫:彝族传说中一种鸟的名字,此鸟以脖颈细长、灵动美丽而著称。
② 伊姆则木:凉山彝族聚居区布拖县境内的一座神山。

火把节是小裤脚①们重启星辰诺言的头巾和糖果
是眼睛与自由的节日,大地潮湿璀璨泛滥的床。
你在勇士的谱系中告诉他们,我是谁!在人性的
终结之地,你抗拒肉体的胆怯,渴望精神的永生。

在这儿父字连名指引你,长矛和盾牌给你嘴巴
不用发现真相,死亡树皮上的神祇被刻在右侧
如果不是地球的灰烬,那就该拥抱自由的意志
为齿可波西②喝彩!只有口弦才是诗人自己的语言
因为它的存在,爱情维护了高贵、含蓄和羞涩。

那是你与语言邂逅拥抱火的传统的第一次
从德古那里学到了格言和观察日月的知识
当马布霍克③的獐子传递着缠绵的求偶之声
这古老的声音远远超过人类所熟知的历史
你总会赶在黎明之光推开木门的那个片刻
将尔比④和克智溶于水,让一群黑羊和一群
白羊舔舐两片山坡之间充满了睡意的星团。

你在梦里接受了双舌羊约格哈加⑤的馈赠

---

① 小裤脚:特指凉山彝族聚居地阿都方言区的彝族人,因男人着裤上大下小而被形象地称为"小裤脚"。
② 齿可波西:彝族历史上最著名的口弦出产地。
③ 马布霍克:凉山彝族聚居区布拖县境内的一座神山。
④ 尔比:彝语的谚语和箴言。
⑤ 约格哈加:彝族历史上一只著名的绵羊,以双舌著称,其鸣叫声能传到很远的地方。

那执念的叫声让一碗水重现了天象的外形。

你是闪电铜铃的兄弟,是神鹰琥珀的儿子
你是星座虎豹字母选择的世世代代的首领。

母性的针孔能目睹痛苦的构造
哦,众神!没有人不是孤儿
不是你亲眼看见过的,未必都是假的
但真的确实更少。每一个民族都有
自己的英雄时代,这只是时间上的差别。
你的胆识和勇敢穿越了瞄准的地带
祖先的护佑一直钟情眷顾于你。

那是浩大的喧嚣,据说在神界错杀了山神
也要所为者抵命,更何况人世血亲相连的手指
杀牛给他!将他围成星座的
肚脐,为即将消失的生命哀号,
为最后的抵押救赎
那是习惯的法典,被继承的长柄镰刀
在鸦片的迷惑下,收割了兄长的白昼与夜晚
此刻唯有你知道,你能存活下来
是人和魔鬼都判定你的年龄还太小。

那是你爬上一株杨树,以愤怒的名义
射杀了一只威胁孕妇的花豹,它皮上留下
的空洞如同压缩的命运,为你预备了亡灵

我，雪豹……

的床单，或许就是灭焰者横陈大地的姿态
只要群山亦复如是，鹰隼滑动光明的翅膀
勇士的马鞍还在等待，你就会成为不朽。

并不是在繁星之夜你才意识到什么是死亡
而拒绝陈腐的恐惧，是因为对生的意义的渴望
你知道为此要猛烈地击打那隐蔽的、无名的暗夜
不是他者教会了我们在这片土地上游离的方式
是因为我们创造了自我的节日，唯有在失重时
我们才会发现生命之花的存在，也才可能
在短暂借用的时针上，一次次拒绝死亡。

如果不是哲克姆土①神山给了你神奇的力量
就不可能让一只牛角发出风暴一般的怒吼
你注视过星星和燕麦上犹如梦境一样的露珠
与生俱来的敏感，让你察觉到将要发生的一切
那是崇尚自由的天性总能深谙太阳与季节变化
最终选择了坚硬的石头，而不是轻飘飘的羽毛。

那是一个千年的秩序和伦理被改变的时候
每一个人都要经历生活与命运双重的磨砺
这不是局部在过往发生的一切，革命和战争
让兄弟姐妹立于疾风暴雨，见证了希望
也看见了眼泪，肉体和心灵承担天石的重负

---

① 哲克姆土：凉山彝族聚居区布拖县境内的一座神山。

你的赤脚熟悉荆棘,但火焰的伤痛谁又知晓
无论混乱的星座怎样移动于不可解的词语之间
对事物的解释和弃绝,都证明你从来就是彝人。

你靠着那土墙沉睡,抵抗了并非人的需要
重新焊接了现实,把爱给了女人和孩子
你是一颗自由的种子,你的马始终立于寂静
当夜色改动天空的轮廓,你的思绪自成一体
就是按照雄鹰和骏马的标准,你也是英雄
你用牙齿咬住了太阳,没有辜负灿烂的光明
你与酒神纠缠了一生,通过它倾诉另一个自己
不是你才这样,它创造过奇迹也毁灭过人生。

你在活着的时候就选择了自己火葬的地点
从那里可以遥遥看到通往兹兹普乌①的方向
你告诉长子,酒杯总会递到缺席者的手中
有多少先辈都没有活到你现在这样的年龄
存在之物将收回一切,只有火焰会履行承诺
加速的天体没有改变铁砧的位置,你的葬礼
就在明天,那天边隐约的雷声已经告诉我们
你的族人和兄弟姐妹将为你的亡魂哭喊送别。

哦,英雄!当黎明的曙光伸出鸟儿的翅膀
光明的使者伫立于群山之上,肃穆的神色

---

① 兹兹普乌:位于云南省昭通境内,是传说中彝族六个部落会盟迁徙出发的地方。

我，雪豹……

犹如太阳的处子，他们在等待那个凝望时刻
祭祀的牛头反射出斧头的幻影，牛皮遮盖着
哀伤的面具，这或许是另一种生的入口
再一次回到大地的胎盘，死亡也需要赞颂
给每一个参加葬礼的人都分到应有的食物
死者在生前曾反复叮嘱，这是最后的遗愿
颂扬你的美德，那些穿戴黑色服饰的女性
轮流说唱了你光辉的一生，词语的肋骨被
置入了诗歌，那是骨髓里才有的万般情愫
在这里你会相信部族的伟大，亡灵的忧伤
会变得幸福，你躺在亲情和爱编织的怀抱
每当哭诉的声音被划出伤口，看不见的血液
就会淌入空气的心脏，哦，琴弦又被折断！
不是死者再也听不见大家的声音，相信你还在！
当那个远嫁异乡的姐姐说："以后还有谁能
代替你听我哭泣？"泪水就挂在了你的眼角
主方和客人在这里用克智的舌头决定胜负
将回答永恒的死亡是从什么时候来到人间
逝去的亲人们又如何在那白色的世界相聚
万物众生在时间的居所是何其渺小卑微
只有精神的勇士和哲人方才可能万古流芳
送行的旗帜列成了长队，犹如古侯[①]和曲涅[②]又
回到迁徙的历史，哦，精神的流亡还在继续

---

① 古侯：凉山彝族著名的古老部落之一。
② 曲涅：凉山彝族著名的古老部落之一。

271

屠宰的牛羊将慰藉生者,昨天的死亡与未来
的死亡没有什么两样,但被死亡创造的奇迹
却会让讲述者打破常规悄然放进生与死的罗盘
那里红色的胜利正在返回,天空布满了羊骨
的纹路,今天是让魂灵满意的日子,我相信。

哦,英雄!古老的太阳涌动着神秘的光芒
那群山和大地的阶梯正在虚幻中渐渐升高
领路的毕摩又一次抓住了光线铸造的权杖
为最后的步伐找到了维系延伸可能的活水
亡者在木架上被抬着,摇晃就像最初的摇篮
朝左侧睡弯曲的身体,仿佛还在母亲的子宫
这是最后的凯旋,你将进入那神谕者的殿堂
你看那透明的斜坡已经打开了多维度的台阶
远处的河流上飘落着宇宙间无法定位的种子
送魂经的声音忽高忽低,仿佛是从天外飘来
由远而近的回应似乎又像是来自脚下的空无
送别的人们无法透视,但毕摩和你都能看见
黑色的那条路你不能走,那是魔鬼走的路。

沿着白色的路走吧,祖先的赤脚在上面走过
此时,你看见乌有之事在真理中复活,那身披
银光颂词里的虎群占据了中心,时间变成了花朵
树木在透明中微笑,岩石上有第七空间的代数
隐形的鱼类在河流上飞翔,玻璃吹奏山羊的胡子
白色与黑色再不是两种敌对的颜色,蓝色统治的

我，雪豹……

时间也刚被改变，紫色和黄色并不在指定的岗位
你看见了一道裂缝正在天际被乘法渐渐地打开，
那里卷轴铺开了反射的页面，光的楼层还在升高
柱子预告了你的到来，已逝的景象掩没了膝盖
不用法律捆绑，这分明就是白色，为新的仪式。

这不是未来的城堡，它的结构看不到缝合的痕迹
那里没有战争，只有千万座通往和平之梦的动物园
那里找不到锋利的铁器，只有能变形的柔软的马勺
那里没有等级也没有族长，只有为北斗七星准备的梯子
透明的思想不再为了表达，语言的珍珠滚动于裸体的空白
没有人嘲笑你拿错了碗，这里的星辰不屈服于伪装的炮弹
这里只有白色，任何无意义的存在都会在白色里荡然无存
白色的骨架已经打开，从远处看它就像宇宙间的一片叶子。

哦，英雄！你已经被抬到了火葬地九层的松柴之上
最接近天堂的神山姆且勒赫①是祖灵永久供奉的地方
这是即将跨入不朽的广场，只有火焰和太阳能为你咆哮
全身覆盖纯色洁净的披毡，这是人与死亡最后的契约
你听见了吧，众人的呼喊从山谷一直传到了湛蓝的高处
这是人类和万物的合唱，所有的蜂巢都倾泻出水晶的音符
那是母语的力量和秘密，唯有它的声音能让一个种族哭泣
那是人类父亲的传统，它应该穿过了黑暗简朴的空间
刚刚来到这里，是你给我耳语说永生的计时已经开始

---

① 姆且勒赫：凉山彝族聚居区布拖县境内的一座神山。

哦,我们的父亲!你是我们所能命名的全部意义的英雄
你呼吸过,你存在过,你悲伤过,你战斗过,你热爱过
你看见了吧,在那光明涌入的门口,是你穿着盛装的先辈
而我们给你的这场盛典已接近尾声,从此你在另一个世界。

哦,英雄!不是别人,是你的儿子为你点燃了最后的火焰。

一个人的克智

当词语的巨石穿过针孔的时候,
针孔的脊柱会发出光的声音。

针孔的肋骨覆盖词语的巨石,
没有声音,但会引来永恒的睡眠。

鹰翅上洒下黄金的雨滴
是天空孵化的蛋吗?

不是,那是苍穹的虚无
但蛋却预言了宇宙的诞生。

致尼卡诺尔·帕拉①

他活着的时候"反诗歌",
他反对他理应反对的那些诗歌。
反它们与人类的现实毫无关系,
反它们仅仅是抽空了
血液的没有表情的词语,
反它们高高在上凌驾万物
以所谓精神的高度自居,
反空洞无物矫情的抒情,
当然也反那些人为制造的纲领。
他常常在智利的海岸漫步,
脚迹在沙滩上留下一串串问号。
他对着天空吐出质疑的舌头,
是想告诉我们雨水发锈的味道。
他一直在"反诗歌",那是因为
诗歌已经离开了我们的灵魂,
离开了不同颜色的人类的悲伤,
这样的状况已经有好长的时间。
他"反诗歌"是因为诗歌的
大脑已经濒临漫长的死亡,

---

① 尼卡诺尔·帕拉(1914—2018):智利最著名的诗人之一,"反诗歌"诗人的领军人物,也是当代拉美乃至整个西班牙语世界最具影响力的诗人之一。

词语的乳房没有了芬芳的乳汁，
枯萎的子宫再不能接纳生命的种子。
他的存在，就是反讽一切荒诞，
即便对黑色的死亡也是如此。
对生活总是报以幽默和玩笑，
他甚至嘲弄身边移动的棺材，
给一件崭新的衬衣打上补丁。
我在新闻上看见有关他葬礼的消息，
在他的棺材上覆盖着
还在他的童年时母亲为他缝制的
一床小花格被子，
不是所有的人，都能明白
其中隐含的用意，
实际上他是在向我们宣告：
从这一刻起，他"反死亡"的
另一场游戏已经轰然开始。

一个士兵与一块来自钓鱼城的石头

一座孤城被围得水泄不通
尽管每隔一段时间就会发起一次攻击
呐喊声、厮杀声、军鼓的喧哗震耳欲聋
伤亡一次比一次惨重,破城的
希望却变得越来越渺茫

这样相持的昼夜已经有一段时间
攻防双方似乎已渐渐习惯了在这
生与死的游戏中被未知凝固的日子

城内的旗幡还在飘扬,高昂
的斗志并没有减弱的迹象
据说他们的水源在城中的最高处
不用害怕被对方找到切断投毒
更不用担心粮食和柴火,已有的储备
完全能让这些守城者支撑数年

城外的围困还在不断地加剧
更新的一次进攻也正在组织预谋

这是黄金家族的威力最鼎盛时期
在里海附近刚刚活捉了钦察首领八赤蛮

我，雪豹……

挥师南下的劲旅已经征服了西南的大理国
长途奔袭的骑手穿越了中亚细亚的丘陵和草原
所向披靡的消息已经抵达遥远的地中海
他们即将与埃及的马木留克王朝
进行落幕前的一场可预见的交战

但在这里所有的进攻都停滞不前
所谓克敌制胜的计划已经变得遥遥无期
两边的士兵都疲劳不堪，战事陷入胶着

就在这样的时候，有一天上午
（如果是下午呢？或者是黄昏的时候呢？）
蒙哥汗①又登上了高处的瞭望台
开始观望城里的敌军有何新的情况

同样是那个时辰，在炮台的旁边
有一个士兵远远地看见了在对面的高台上
有一位临风而立的瞭望人正在观望
（如果这个士兵没有接下来的反应，
更没有往下付诸他的行动，是不是
会出现另一个完全不同的结果？）

同样在接下来的时间里，这个士兵

---

① 蒙哥汗（1209—1259）：孛儿只斤·蒙哥，大蒙古国第四任大汗，史称"蒙哥汗"，元太祖成吉思汗之孙，1259年在围攻钓鱼城时中炮风受伤致死。

如果没有和别的几个士兵将那块石头
从抛石机上准确无误地抛向那个目标
(如果更近了一点？更远了一点？更左了
一点？更右了一点？又会发生什么呢？)

这是一个偶然？还是纯属意外？
并不是所有的偶然以及意外的出现
都能改写扑朔迷离的历史和命运的规律

那个最早发现瞭望台上站着一个人的士兵
他当然不会知道对面那个人究竟是谁
而他永远更不会知道，他和那块普通的炮石
在人类的宿命中扮演了什么样的角色
因为从这里发出的有关大汗死亡的消息
让各路凶悍的首领开始返回久别的故土

我们从正史上只能看到这样的记载：
1259年一代战神蒙哥汗受伤死于钓鱼城
上帝之鞭——在这里发生了折断！

商丘，没有结束的

商丘是一个被他者命名的名字
是一个被风和传说充盈的肚脐
在它被命名之前，商人就在这里
青铜的唇齿爬满了未知的天际
商队还在行走，他们从未消失
只是在时间的另一面，他们正在
走向我们称之为过去的现在
生与死只是两种不同的存在形式

只有声音能穿越不同的空间
只有光能渗透那坚硬的物质
不是轮回和循环在发号施令
是消亡和诞生在永无止境地
循环往复——毁灭替代了永恒
没有更高的地方，帝王的墓室
就在每一个登高者的脚下
墓室的门已经被无数次地打开
青苔早已覆盖每一面坚硬的石壁
因为金银、财富和欲望的诱惑
帝王的尸骨当然也不可能完整

没有更高的地方，因为在更低处

有人看见过,不同王朝的消失
就好像一颗流星划破蓝色的穹顶
丘,或许就是一个更高的存在
难怪后来的人都要登上所谓的高台
目睹宁静的水和光返回原始之地
穿越词语的麦芒开始极目望远
看见那座斑驳砖石构筑的沧桑古城
在这一望无际的原野的波浪上
没有过去,没有现在,没有未来
时隐时现,成为时间深处的点点帆影

但我的歌唱却只奉献给短暂的生命

宝刀,鹰爪的酒杯,坠耳的玛瑙
那是每一个男人与生俱来的喜爱
骏马,缀上贝壳的佩带,白色的披毡
从来都是英雄和勇士绝佳的配饰
重塑生命,不惧死亡,珍惜名誉
并不是所有的家族都有此传承
似乎这一切我都已经具备
然而我是一个诗人,我更需要
自由的风,被火焰洗礼过的词语
黎明时的露水,蓝色无垠的星空
慈母摇篮曲的低吟,恋人甜蜜的呓语
或许,我还应该拥有几种乐器
古老的竖笛,月琴,三叶片的口弦
我的使命就是为这个世界吟唱
诚然,死亡与生命是同样古老
但我的歌唱却只奉献给短暂的生命。

而我们……

诗歌，或许就是最古老的艺术，
伴随人类的时光已经十分久远。
哦，诗人，并不是一个职业，
因为他不能在生命与火焰之间，
依靠出卖语言的珍珠糊口。
在这个智能技术正在开始
并逐渐支配人类生活的时代，
据说机器人的诗歌在不久
将会替代今天所有的诗人。
不，我不这样看！这似乎太武断，
诗人之所以还能存活到现在，
那是因为他的诗来自灵魂，
每一句都是生命呼吸的搏动，
而不是通过程序伪造的情感，
就是诅咒也充满了切肤的疼痛。

然而，诗人，我并不惧怕机器人，
但是我担心，真的有那么一天，
当我们面对暴力、邪恶和不公平，
却只能报以沉默，没有发出声音，
对那些遭遇战争、灾难、不幸的人，
没有应有的同情并伸出宝贵的援手，

我,雪豹……

再也不能将正义和爱情的诗句,
从我们灵魂的最深处呼之欲出。

而我们,都成了机器人……

诗歌的密语……

彝人为了洁净自己的房子，
总会把烧红的鹅卵石
放在水里祛除污秽之物，
那雾状的水汽弥漫于空间。
谁能告诉我，是卵石内核的呐喊？
还是火焰自身的力量？或许是
另一种意志在覆盖黑暗的山岩。
我相信神奇的事物，并非一种迷信，
因为我曾看见过，我们部族的祭司
用牙咬着山羊的脖子甩上了屋顶。

罪行，每天都在发生，遍布
这个世界每一个有人的角落。
那些令人心碎的故事告诉我们，
人类积累的道德和高尚的善行，
并不随婴儿的第一声啼哭到来。
然而，当妈妈开始吟唱摇篮曲，
我们才会恍然觉悟，在朦胧中
最早接受的就是诗歌的密语。
哦，是的，罪行还会发生，
因为诗人的执着和奉献，
荒诞的生活才有了意义，

　　　　　　　　　　　　　　我，雪豹……

而触手可摸的真实，
　却让我们通往虚无。

暮年的诗人

请原谅他,就是刻骨铭心,
也不能说出她们全部的名字。
那是山林消失的鸟影,
云雾中再也找不到踪迹。
那是时间铸成的大海,
远去的帆影隐约不见。
那是一首首深情的恋歌,
然而今天,只有回忆用独语
去沟通岁月死亡一般的沉默。
当然还有那些闪光的细节,
直到现在也会让他,心跳加速,
双眼含满无法抑制的泪水。

粗黑油亮长过臀部的两条辫子。
比蜂蜜更令人醉心销魂的呼吸。
没有一丝杂质灵动如水的眼睛。
被诗歌吮吸过的粉红色的双唇。
哦,这一切,似乎都遗落于深渊,
多少容颜悄悄融化在失眠的风里。

哦,我们的诗人,他为诗奉献
了爱情,而诗却为他奉献了诗。

　　　　　　　　　　　我,雪豹……

请原谅他,他把那些往事
都埋在了心底……

致父辈们

他们那一代人,承受
过暴风骤雨的考验。
在一个时代的巨变中,
有新生,当然也有沉沦。
他们都是部族的精英,
能存活下来的,也只是
其中幸运的一部分人。

他们是传统的骄子,能听懂
山的语言,知晓祖先的智慧。
他们熟悉词根本身的含义,
在婚庆与葬礼不同的场所,
能将精妙的说唱奉献他人。
他们还在中年的时候,
就为自己做好了丧衣,
热爱生活,却不惧怕死亡。
他们是节日和聚会的主角,
坐骑的美名被传颂到远方。
他们守护尊严,珍惜荣誉,
有的人,就是为了证明
存在的价值,而结束了生命。

我，雪豹……

与他们相比，我们去过
这个世界更多的地方。
然而，当我们面对故土，
开始歌唱，我们便会发现，
他们比我们更有力量。
我们丢失了自我，梦里的
群山也已经死亡……

姐姐的披毡

如果是黑色遭遇了爱情。
最纯粹的过渡,飘浮于藏蓝
幽深的夜空。哦,姐姐,那是你的梦?
还是你梦中的我?我不明白,
是谁创造了这比幻想更远的现实?
那还是在童年的时候,奇迹就已出现,
仿佛今天重现了这个瞬间。

原谅我,已想不起过去的事情,
纵然又看见姐姐披着那件披毡,
但那只是幻影,不再属于我,
它是另一个人,遗忘的永恒。

我，雪豹……

口弦大师
——致俄狄日伙①

是恋爱中的情人，才能
听懂你传递的密语？还是
你的弹奏，捕获了相思者的心？
哦，你听！他彻底揭示了
男人和女人最普遍的真理。
每拨弹完一曲，咧嘴一笑，
两颗金牙的光闪耀着满足。
无论是在仲夏的夜晚，还是
围坐于漫长冬日的火塘，
口弦向这个世界发出的呼号，
收到了一个又一个的回应。

俄狄日伙说，每一次
弹奏，就是一次恋爱，
但当爱情真的来临，却只有
一个人能破译他的心声……

---

① 俄狄日伙：凉山彝族聚居区布拖县的一位民间音乐传承人。

印第安人
——致西蒙·奥迪斯①

西蒙·奥迪斯对我说:"他们称呼
我们印第安人,但我告诉他们,
我们不是……是阿科马族人。"

是的,在他们所谓发现你们之前,
你们祖祖辈辈就已经生活在那里。

那时候,天空的鹰眼闪烁着光。
大地涌动生殖的根。
太阳滚过苍穹古铜的脊梁,
时间的巨臂,伸向地平线的尽头。

那时候,诸神已经预言,
苍鹭的返回将带回喜讯。
而在黎明无限苍茫的曙色里,
祭司的颂词复活了死灭的星辰。

把双耳紧贴大地的胸膛,

---

① 西蒙·奥迪斯(1941—):美国当今健在的最著名的印第安诗人,被称为印第安文艺复兴运动中的旗手,曾获得原住民作家社团颁发的终身成就奖。

能听见,野牛群由远及近的轰鸣,
震颤着地球渴望血液的子宫。

在那群山护卫的山顶,
酋长面对
太阳,
繁星,
河流
和岩石,
用火焰洗礼过的
诗句,告诉过子孙——
"这是我们的土地"。

西蒙·奥迪斯,不要再去申明
你们不是印第安人。
据说土地的记忆
要远远超过人类的历史。
地球还在旋转,被篡改的一切
都会被土地的记忆恢复,
神圣的太阳,公正的法官,
将在时间的法庭上作出裁决。

谁是这个世界的中心?任何时候
都不要相信他们给出的结论。

尼子马列的废墟

已看不出这里曾经有过的繁华，
正在抽穗的玉米地也寂静无声。
山梁对面的小路早被杂草覆盖，
我们的到来，并非要惊醒长眠的祖先。
那是因为彝人对自己的祖居地，
时常怀有刻骨铭心的思念和热爱。
在我们的史诗记载迁徙的描述中，
关于命运的无常，随处都能读到，
难怪在先人生活过的每一个地方，
都会油然而生一种英雄崇拜的情感。
哦，沉默的落日，你伟大的叹息
甚至超过了祭祀之牛脖颈流出的血，
物质的毁灭，我们知道，谁能抗拒？
那自然的法则，就守候在生和死的隘口。

因此我才相信，生命有时候要比
死亡的严肃更可笑，至于死亡
也许就是一个假设，我们熟谙的
某种仪式，完全属于另一个世界。

千万不要告诉那些
缺少幽默感的人，

我，雪豹……

因为我们在死亡的簿册上，
找到了与他们相同的名字。

我曾看见……

我曾看见,在那群山腹地
彝人祭司完成的一次法事。
他的声音,虽然低沉浑厚,
却能穿透万物,弥漫天地。
这样的景象总会浮现于脑海。
为了祈福,而不是诅咒,
火光和青烟告诉了所有的神灵。
牛皮的幻影飘浮于天空,
唯有颂词徐徐沉落于无限。

暴力,不在别处,它跟随人
去过许多地方,就在昨天
还在叙利亚争抢儿童的血。
所谓道义和人权,或许只是
他们宣言中用滥了的几个词。
然而,对于不同的祈福,
我们都应报以足够的尊重,
他们让我们在那片刻
忘记了暴力和世界的苦难。

诗　人

诗人不是商业明星,也不是
电视和别的媒体上的红人。
无须收买他人去制造绯闻,
在网络空间树立虚假的对手,
以拙劣的手段提高知名度。
诗人在今天存在的理由,
是他写出的文字,无法用
金钱换算,因为每一个字
都超过了物质确定的价值。
诗人不是娱乐界的超人,
不能丢失心灵之门的钥匙。
他游走于城市和乡村,
是最后一个部落的酋长。
他用语言的稀有金属,
敲响了古老城市的钟楼。
诗人是一匹孤独的野马,
不在任何一个牧人的马群,
却始终伫立在不远的地方。
合唱队没有诗人适合的角色,
他更喜欢一个人的时候独唱。
诗人是群体中的极少数,
却选择与弱者站在一边,

纵使遭受厄运无端的击打,
也不会交出灵魂的护身符。
诗人是鸟类中的占卜者,
是最早预言春天的布谷。
他站在自己建造的山顶,
将思想的风暴吹向宇宙。
有人说诗人是一个阶级,
生活在地球不同的地方,
上苍,让他们存活下去吧,
因为他们,没有败坏语言,
更没有糟蹋过生命。

犹太人的墓地

那是犹太人的墓地,我在华沙、
布加勒斯特、布达佩斯和布拉格
都看见过。说来也真是奇怪,
它们给我留下了极为深刻的印象。
是墓园的布局吗?当然不是。
还是环境的不同?肯定也不对,
因为欧洲的墓园大同小异。
后来在不经意中我才发现,虽然
别的地方也有失修的墓室、待清的杂草,
但没有犹太人的墓地那样荒芜。
到处是倾斜的碑石、塌陷的地基,
发黑的苔藓覆盖了通往深处的路径。
我以为死亡对人类而言,时刻都会发生,
而后人对逝者的追忆,寄托哀思,
到墓地去倾诉,或许是最好的选择。

我在东欧看见过许多
犹太人的墓地,它们荒芜而寂寥。
这是何种原因,我问陪同的导游,
在陷入片刻的沉默后,他才低声说:

"他们的亲人,都去了奥斯维辛①,
单程车票,最终没有一个回来。"

我在东欧看见过许多
犹太人的墓地。我终于知道,
天堂或许只是我们的想象,
而地狱却与我们如影相随。

---

① 奥斯维辛:纳粹德国时期建立在波兰小城奥斯维辛的集中营,大约有一百一十万人在这一集中营被杀害,其中绝大部分是犹太人。

我,雪豹……

何塞·马里亚·阿格达斯①

我的血液来自那些巨石,
它们让我的肋骨支撑着旋转的天体。
太阳的影子
以长矛的迅疾,
降落节日的花朵。

我,何塞·马里亚·阿格达斯,
秘鲁克丘亚人,一个典型的原住民。
我的思想、意识和行为方式,
与他们格格不入。
因为我相信,我们的方式
不是唯一的方式,
只有差异
才能通向包容和理解。
所以,我才要捍卫
这种方式,
就是用生命
也在所不惜。

---

① 何塞·马里亚·阿格达斯(1911—1969):秘鲁当代著名印第安人小说家、人类学家,原住民文化的捍卫者。1969年自杀身亡。

我的身躯被驼羊的绒毛覆盖，
在安第斯山蜜蜂嗡鸣的牧场。
当雄鹰静止于
时间，
风，
吹拂着
无形的
生命的排箫。
那是我们的声音
穿越了无数的世纪，
见证过
血，
诞生和
毁灭。
那是我们河流的回声，
它的深沉和自由
才铸造了
人之子的灵魂。
也因为此，我们才
选择了：
在这片土地上生，
在这片土地上死。

哦，未来的朋友，
这不是我的遗言。
我不是那只山上的狐狸，

它的奔跑犹如燃烧的火焰；
也不是那只山下的狐狸，
它的鸣叫固然令人悲伤。

但我要告诉大家的是：
我，何塞·马里亚·阿格达斯，
并非死于贫穷，
而是自杀。
没有别的原因，
只是我不愿意看到，
我的传统——
在我活着的时候
就已经死亡。没有别的原因，
这并不复杂。

悼胡安·赫尔曼

你在诗中说我
将话语抛向火,是为
在赤裸的语言之家里,
让火继续燃烧。
而你却将死亡,一次次
抛向生命,抛向火。
你知道邪恶的缘由,
最重要的是,你的声音
动摇过它的世界。
没有诅咒过生活本身,
却承受了所有的厄运。
你走的那一天,据说在
墨西哥城,有一片天堂的叶子
终于落在了你虚空的肩上。

自由的另一种解释

让我们庆祝人类的又一次解放,
在意志的天空上更大胆地飞翔。
从机器抽象后的数据,你将阅读我,
而我对你而言,只是移动的位置。
我的甜言蜜语,不再属于一个人,
如果需要,全人类都能分享。
今天这个世界发生了什么,
我们都能在第一时间知晓。
而我,在地球的任何一个地方,
亲爱的,谢天谢地,你都
尽管可以把我放心地丢失,
再玩一次猫捉老鼠的游戏。

死神与我们的速度谁更快
——献给2020年抗击新型冠状病毒的所有人

死神的速度比我们更快，
因为它出其不意，
它在枪响之前已经跑在了前面。
死神！这一次似乎更快，
它莫非是造物主
又一次最新的创造？
还是人类在今天
必须勇敢面对的更严峻的考验？
死神并非都戴着明显的面具，
这一次它同样隐没于空气。
死神的速度比我们更快，
在统计的数字出来之前
它罪恶的手仍然在使用
那该被一千次诅咒的加法！
因为死亡的数字还在增加，
而此刻，我们渴望的只是减法！
死神已经到过许多地方，
杀死了老人、青年，还伤害了我们柔弱的孩子，
肆虐于我们的城市、街道以及花园，
它所到之处，敲击着黑色的铁。

死神的速度比我们更快,

因为它出其不意,

它在枪响之前已经跑在了前面。

然而,这一次!就像有过的上一次!

我们与死神的比赛,无疑

已经进入了你死我活的阶段,

谁是最后的强者还在等待答案。

让我们把全部的爱编织成风,

送到每一个角落,以人类的名义。

让我们用成千上万个人的意志,

凝聚成一个强大的生命,在穹顶

散发出比古老的太阳更年轻的光。

让我们打开所有的窗户,将梦剪裁成星星,

再一次升起在蓝色幕布一般的天空。

你说死神的速度比我们更快,不!

我不相信!因为我看见这场

与死亡的赛跑正在缩短着距离。

请相信我们将会创造一个新的纪录,

全世界都瞪大着眼睛,在看着我们!

我们的速度正在分秒之间被创造,

这是领袖的速度,就在第一时间,

那坚定、自信、有力的声音传遍了

祖国的大地、森林、天空和海洋,

创造这一速度的领跑者永远站在最前列。

这是人民的速度,无论是城市还是乡村,

每一个公民都投入了没有硝烟的战斗，
任何一个岗位都有临危不惧的人坚守。
这是体制的速度，一声声驰援的号令
让无数支英雄儿女的队伍集结在武汉。
这是集体的速度，个人主义的狭隘和自私
在这里没有生存的空间，因为严峻的现实
告诉我们，任何生命都需要相互依存。
这是奉献的速度，这种奉献绝不是一句豪言，
亲人们时刻都在焦急地等待着他们平安归来，
而每一天他们与死神的搏斗更是异常激烈，
当面部的颧骨呻吟无声，生与死比纸要薄，
那是阵地的抢夺战，每一次冲锋都不能后退，
他们与死神抢夺的是一个个鲜活的生命。
我不相信上帝的存在，但相信天使就在我们中间，
她昨天哭了，当她又拯救了一个生命，
虽然她穿着密不透风的防护服，我还是能看见
一双大大的眼睛里滚下的感动的泪水。
是的，在电视机前，我们曾在防护罩前看见过
无数双这样的眼睛，虽然不知道他们的真实姓名，
但可以肯定，我们一定会从这一双双眼睛里
看到一个民族所拥有的无限希望和未来。
这是生命的速度，从共和国的病毒专家
到一个普通的护士，从城市的管理者到黎明时
还在为每一座城市刷新面容的环卫工人，
他们对生命的尊重，都体现在每一个岗位上，
由于他们的付出，我们才有了足够的冷静和从容。

这是国家的速度,或者说这就是中国的速度,
火神山医院和雷神山医院的建设,
当然不是火神和雷神的恩赐,它们的建设速度
毫无疑问也创造了一个令人为之动容的奇迹。
那些塔吊或许就不是钢铁的面具,而是人的脊柱,
它们将渴望的钉子牢牢地置入铅色的虚空。
这不是幻想,这是不容置疑的现实,
要知道它们的施工,同样是在死亡的刀尖上舞蹈。
从电视上看见一双现场工人的手,虽然转瞬即逝
但对我而言却刻骨铭心,这双手似乎正在变大,
在天空和大地相连的榫头发出胫骨低沉的吹奏,
因此我断言,有了一双双这样勇敢勤劳的手,
我们的幸福、命运、安宁就不会握在别人的手上。
因为那双手,不是造物主的,更不是所谓诸神的,
那是一位中国劳动者粗糙、黝黑但充满了自信的手。

死神正在与我们进行殊死的赛跑,
它是病毒的另一个可怖的代名词。
让我们在未知的空间以勇气杀死它,
不是用鲁莽,而是用超过常规的理性和科学,
让我们隔离对流的空气、看不见的水雾,
但不影响我们心灵之间的温暖和慰藉。
与死神赛跑有前方,可后方有时也是前方,
与死神赛跑,没有观众,我们都是选手。
这不是孩子手中的魔方,在今天的中国
每一条街道都是战壕,每一个家庭都是堡垒。

哦！变异的病毒，看不见的死神！
你是人类的邻居，影子的影子，与生命相随，
谁也无法告诉我们你已经存活了多少年。
当你从睡眠中复活，灾难的红矛就会刺向肋骨，
你以无形的匕首偷袭人类最虚弱的地带。
哦！没有面具的死神，这一次你又以隐形的方式
进入了我们没有设防的自由的家园，
我们的战争已经开始。我知道这是一场攻防战，
在实验室我们的精锐部队正在直抵你的心脏，
总有一刻会找到能够杀死你的那件武器。
对于大众，我们打响的防卫战的红色信号弹
也已经无数次照亮过中国的城市、乡镇和学校。
哦！这是阻击战，也是一场将被这个世纪
记载的十四亿人口参加的人民战争。
我们必须坚持，因为死神也开始筋疲力尽，
只有忍耐！只有挺住！我们才能耗死进攻的敌人！

世界的部分中国，中国的中心世界，
当你的呼吸急速，地球的另一半
也会面部通红。有一种战争，与古老的
宗教无关，与国家冲突无关，与政治无关，
哦！世界！今天的中国正在全面打响的
是一场捍卫人类的战争，旋转的地球
就是一个家庭，当灾难来临，没有旁观者，
所有的理解、帮助，哪怕道义上的支持，
都会给处于困境中的人们巨大的力量。

哦！世界！中国从来就是你的一部分，
她分担你的忧患，从未推卸过自己的责任，
这个东方古老民族以其坚韧、朴实和善良
始终在给人类的文明奉献出智慧和创造。
哦！中国！从不把责任和担当作为标签，
为了维护世界和平，你牺牲的维和战士
蓝色头盔上生长着永远不会消失的鸽子。
当埃博拉病毒的恐惧笼罩着非洲，乌木的
神像传递着比羚羊更快的死亡的消息，
在几内亚、利比里亚、塞拉利昂的国土上
就有过数百名中国医疗队队员战斗的身影，
是他们与当地的人民一起阻止了疫情的蔓延。
无论多么遥远，只要非洲鼓的声音在召唤
中国！就会向非洲兄弟伸出黄色皮肤的援手，
相信吧，在最危难的时刻，我们都会不离不弃。
这就是我们的国际主义，这就是我们的人道主义，
它没有颜色，如果有它就是阳光的颜色，就是
天空的颜色，就是大地的颜色，就是海洋的颜色，
就是血液的颜色，就是眼泪的颜色，就是灵魂的颜色。
哦！世界！请加入今天中国这场
抗击病毒的战役中来吧，中国的战役就是世界的战役！

数字还在增加，这不是冰冷的数据，
在每一个数字的背后都是一个生命。
也许恐慌的情绪还会在我们中间蔓延，
也许你还会在短暂的无奈中惊慌失措，

哦！朋友们，同志们，要相信集体的力量
但是我们任何时候都不能忘了个体的责任。
哦！死神！它爬上了飞机，它爬上了高铁，
它爬上了不同的交通工具，但是朋友们
你们发现没有啊！死神就常常跟随着我们。
哦！不能给死神可乘之机，戴好一次口罩
其实就是一次单兵出击，一个人的阻击战，
只有当千百万人都成为士兵，这才是
我们最终战胜死神的最最关键的法宝。
阻击它！给它最猛烈的击打！不能让它喘息
不给它反击我们的颅骨和臀部的机会。
死神在寻找着我们，它知道我们看不见它，
它在寻找万分之一防守者可能失控的地方，
哦！朋友们，同志们，假如有一次失控，
我们的损失和代价就真的难以估量，
就会有更多的生命徘徊在死亡的边缘，
还有的亲人也将会永远地离开我们。
直到今天死神的幽灵还在大地上游荡，
它用看不见的头撞击我们的每一扇门窗，
嘴里发出另一个世界才能听见的声音。
它绑架空气，胁迫物质，混迹于人群之中，
在任何一个我们可能接触的部位，隐匿着
一把又一把地狱的钥匙，它是不折不扣的
来自冥界的邮递员，毁灭生命的寄生虫。
死亡其实伴随人类的历史已经千百万年，
这本身是自然的法则，不可改变的逻辑。

但是，死神！这一次你对人类的侵袭充满了
从未有过的疯狂，你让冒汗的碎片中断了生命，
让家庭不再完整，爱情缺失了恋人，本该回家的人
再不能回到家。哦！死神！无论今天你在哪里，
我们都要集合起千千万万的生命向你发起反击。

死神与我们的速度谁更快？
虽然它在枪响前已经跑在了前面，
但你看见了吗？我已经清楚地看见，
当自由的风吹动着勇士红色的披肩，当太阳的
箭矢穿过黑色的岩石，当光明的液体反射向宇宙
逃离了地球的引力，当人类的子宫再次孕育地球，
植物的语言变成比3倍还要多的萤火
当所有动物的眼睛，都能结构多维度的哲学，
在每一个人的胸腔中只生长出救赎的苦荞。
当自己成为大家，当众人关注最弱小的生命，
一个人的声音的背后是一个民族的声音，而从一个人
声音的内部却又能听见无数人的不同的声音。
是的，我已经真切地看见了，我们与死神的赛跑
已经到了最后的冲刺，相差的距离越来越近，
这是最艰难的时候，唯有坚持才能成为最后的英雄。
相信吧！我们会胜利！中国会胜利！人类会胜利！
因为这场生与死的竞赛相差的距离已经越来越近……

裂开的星球
——献给全人类和所有的生命

是这个星球创造了我们
还是我们改变了这个星球？

哦,老虎！波浪起伏的铠甲
流淌着数字的光。唯一的意志。

就在此刻,它仍然在另一个维度的空间
以寂灭从容的步态踽踽独行。

那永不疲倦的行走,隐晦的火。
让旋转的能量成为齿轮,时间的
手柄,锤击着金黄皮毛的波浪。

老虎还在那里。从来没有离开我们。
在这星球的四个方位,脚趾踩踏着
即将消失的现在,眼球倒映创世的元素。
它并非只活在那部《查姆》①典籍中,
它的双眼一直在注视着善恶缠身的人类。

---

① 《查姆》:彝族古典创世史诗之一。

不是我们每一个人都有明确的罪行,当天空变低,鹰的飞翔再没有足够
　　的高度。

天空一旦没有了标高,精神和价值注定就会从高处滑落。旁边是受伤的
　　鹰翅。

当智者的语言被金钱和物质的双手弄脏,我在二十年前就看见过一只
　　鸟,从城市耸立的
黑色烟囱上坠地而亡,这是应该原谅那只鸟还是原谅我们呢?天空的沉
　　默回答了一切。

任何预兆的传递据说都会用不同的方式,我们部族的毕摩就曾经告诉
　　过我。

这场战争终于还是爆发了,以肉眼看不见的方式。

哦!古老的冤家。是谁闯入了你的家园?用冒犯来比喻
似乎能减轻一点罪孽,但的确是人类惊醒了你数万年的睡眠。

从一个城市到另一个城市,从一个国家到另一个国家,
它跨过传统的边界,那里虽然有武装到牙齿的士兵,
它跨过有主权的领空,因为谁也无法阻挡自由的气流,
那些最先进的探测器也没有发现它诡异的行踪。

这是一场特殊的战争,是死亡的另一种隐喻。

它当然不需要护照,可以到任何一个想去的地方,
你看见那随季而飞的候鸟,崖壁上倒挂着的果蝠,
猩红色屁股追逐异性的猩猩,跨物种跳跃的虫族,
它们都会把生或死的骰子投向天堂和地狱的邮箱。

它到访过教堂、清真寺、道观、寺庙和世俗的学校,
还敲开了封闭的养老院以及戒备森严的监狱大门。
如果可能它将惊醒这个世界上所有的政府,死神的面具
将会把黑色的恐慌钉入空间。红色的矛将杀死黑色的盾。

当东方和西方再一次相遇在命运的出口,
是走出绝境?还是自我毁灭?左手对右手的责怪,并不能
制造出一艘新的挪亚方舟,逃离这千年的困境。

孤独的星球还在旋转,但雪族十二子总会出现醒来的先知。
那是因为《勒俄》①告诉过我,所有的动物和植物都是兄弟。

尽管荷马吟唱过的大海还在涌动着蓝色的液体,海豹的眼睛里落满了宇宙的讯息。
这或许不是最后的审判,但碗状的苍穹还是在独角兽出现之前覆盖了人类的头顶。

这不是传统的战争,更不是一场核战争,因为核战争没有赢家。
居里夫人为一个政权仗义执言,直到今天也无法判断她的对错。

---

① 《勒俄》:彝族古典史诗,流传于大小凉山彝族聚居区。

我，雪豹……

但她对核武器所下的结论，谢天谢地没有引来任何诽谤和争议。

这是曾经出现过的战争的重现，只是更加地危险可怕。
那是因为今天的地球村，人类手中握的是一把双刃剑。

多么古老而又近在咫尺的战争，没有人能置身于外。
它侵袭过强大的王朝，改写过古代雅典帝国的历史。
在中世纪，它轻松地消灭了欧洲三分之一还多的人口。
它还是殖民者的帮凶，杀死过千百万印第安原住民。

这是一次属于全人类的抗战。不分地域。
如果让我选择，我会选择保护每一个生命，
而不是用抽象的政治去诠释所谓自由的含义。
我想阿多诺①和诗人卡德纳尔②都会赞成，因为即便
最卑微的生命任何时候都高于空洞的说教。

如果公众的安全是由每一个人去构筑，
那我会选择对集体的服从而不是对抗。
从武汉到罗马，从巴黎到伦敦，从马德里到纽约，
都能从每一家阳台上看见熟悉但并不相识的目光。

我尊重个人的权利，是基于尊重全部的人权，
如果个人的权利，可以无端地伤害大众的利益，

---

① 阿多诺(1903—1969)：西奥多·阿多诺，德国哲学家、社会学家。
② 卡德纳尔(1925—2020)：埃内斯托·卡德纳尔，尼加拉瓜诗人、神父、革命者。

那我会毫不留情地从人权的法典中拿走这些词,
但请相信,我会终其一生去捍卫真正的人权,
而个体的权利更是需要保护的最神圣的部分。

在此时,人类只有携手合作,
才能跨过这道最黑暗的峡谷。

哦,本雅明①的护照坏了,他呵着气在边境那头向我招手,
其实他不用通过托梦的方式告诉我,茨威格②为什么选择了自杀。

对人类的绝望从根本上讲是他相信邪恶已经占了上风而不可更改。

哦!幼发拉底河、恒河、密西西比河和黄河,
还有那些我没有一一报出名字的河流,
你们见证过人类漫长的生活与历史,能不能
告诉我,当你们咽下厄运的时候,又是如何
从嘴里吐出了生存的智慧和光滑古朴的石头?

当我看见但丁的意大利在地狱的门口掩面哭泣,
塞万提斯的子孙们在经历着又一次身心的伤痛。
人道的援助不管来自哪里,唉,都是一种美德。

打倒法西斯主义和种族主义在这个世纪的进攻。

---

① 本雅明(1892—1940):瓦尔特·本雅明,德国哲学家、马克思主义文学理论批评家。1940年自杀。
② 茨威格(1881—1942):斯蒂芬·茨威格,奥地利小说家、剧作家。1942年自杀。

我,雪豹……

陶里亚蒂①、帕索里尼和葛兰西②在墓地挥舞红旗。

就在伊朗人民遭受着双重灾难的时候,
那些施暴者,并没有真的想放过他们。
我怎么能在这样的时候去阅读苏菲派神秘的诗歌?
我又怎么能不去为叙利亚战火中的孩子们悲戚?

那些在镜头前为选举而表演的人,
只有谎言才让他们真的相信自己。
不是不相信那些宣言具有真理的逻辑,
而是要看他们对弱势者犯下了多少罪行。

此时我看见落日的沙漠上有一只山羊,
不知道是犹太人还是阿拉伯人丢失的。

毕阿史拉则的火塘,世界的中心!
让我再回到你记忆中遗失的故乡,以那些最古老的植物的名义。

在遥远的墨西哥干燥缺水的高地,
胡安·鲁尔福③还在那里为自己守灵。
这个沉默寡言的村长,为了不说话,

---

① 陶里亚蒂(1893—1964):帕尔米罗·陶里亚蒂,意大利共产党创始人之一、国际共产主义者。
② 葛兰西(1891—1937):安东尼奥·葛兰西,意大利共产党创始人之一、马克思主义理论家。
③ 胡安·鲁尔福(1917—1986):墨西哥小说家、人类学家。

竟然让鹦鹉变成了能言善辩的骗子。

我精神上真正的兄弟,世界的塞萨尔·巴列霍,
你不是为一个人写诗,而是为一个种族在歌唱。
让一只公鸡在你语言的嗓子里吹响脊柱横笛,
让每一个时代的穷人都能在入睡前吃饱,而不是
在梦境中才能看见白色的牛奶和刚刚出炉的面包。
哦,同志!你羊驼一般质朴的温暖来自灵魂,
这里没有诀窍,你的词根是206块发白的骨头。

哦!文明与野蛮。发展或倒退。加法和减法。
——这是一个裂开的星球!

在这里货币和网络连接着所有的种族。巴西热带雨林
中最原始的部落也有人在手机上玩杀人游戏。

贝都因人在城市里构建想象的沙漠,再看不见触手可摘的星星。
乘夜色吉卜赛人躺在欧洲黑暗的中心,他们是白天的隐身人。

在这里人类成了万物的主宰,对蚂蚁的王国也开始了占领。
几内亚狒狒在交配时朝屏息窥视的人类龇牙咧嘴。

在这里智能工程,能让未来返回过去,还能让现在成为将来。
冰雪的火焰能点燃冬季的星空已经不是一个让人惊讶的事情。

在这里全世界的原住民妇女不约而同地戴着被改装过的帽子,穿行于互

我,雪豹……

联网的

迷宫。但她们面对陌生人微笑的时候,都还保持着用头巾半掩住嘴的
　　习惯。

在这里一部分英国人为了脱欧开了一个玩笑,而另一部分人为了这个
不是玩笑的玩笑却付出了代价。这就如同啤酒的泡沫变成了微笑的
　　眼泪。

在这里为了保护南极的冰川不被更快地融化,海豚以集体自杀的方式
　　表达
抗议,拒绝了人类对冰川的访问。凡是人迹罕至的地方,杀戮就还没有
　　开始。

在这里当极地的雪线上移的时候,湖泊的水鸟就会把水位上涨的消息
告诉思维油腻的官员。而此刻,鹰隼的眼泪就是天空的蛋。

在这里粮食的重量迎风而生,饥饿得到了缓解,马尔萨斯①在今天或
　　许会
修正他的人口学说,不是道德家的人,并不影响他作为一个思想者的
　　存在。

在这里羚羊还会穿过日光流泻的荒原,风的一丝震动就会让它竖起
　　双耳,

---

① 马尔萨斯(1766—1834):托马斯·罗伯特·马尔萨斯,英国教士、人口学家、经济学家。

323

死亡的距离有时候比想象要快。野牛无法听见蚊蝇在皮毛上开展的
　　讨论。

在这里纽约的路灯朝右转的时候,玻利维亚的牧羊人却在瞬间
选择了向左的小道,因为右边是千仞绝壁令人胆寒的万丈深渊。

在这里俄罗斯人的白酒消费量依然是世界第一,但叶赛宁诗歌中怀念
乡村的诗句,却会让另一个国度的人在酒后潸然泪下,哀声恸哭。

在这里阿桑奇①创建了"维基解密"。他在厄瓜多尔大使馆的阳台上向
　　世界挥手,
阿富汗贫民的死亡才在偶然间大白于天下。

在这里加泰罗尼亚人喜欢傍晚吃西班牙火腿,但他们并没有忘记
在吃火腿前去搞所谓的公投。安东尼奥·马查多②如果还活着,他会投
　　给谁呢?

在这里他们要求爱尔兰共和军和巴斯克人放下手中武器,
却在另外的地方发表支持分裂主义的决议和声明。

在这里大部分美国人都以为他们的财富被装进了中国人的兜里。
摩西从山上带回的清规戒律,在基因分裂链的寓言中系统崩溃。

---

① 阿桑奇(1971—):朱利安·阿桑奇,"维基解密"创始人。
② 安东尼奥·马查多(1875—1939):西班牙现代著名诗人、"九八年一代"主将。

在这里格瓦拉和甘地被分别请进了各自的殿堂。
"全球化"这个词在安特卫普埃尔岑瓦德酒店的双人床上被千人重复。

在这里国际货币基金组织和世界银行的脚迹已经到了基督不到的地方。
但那些背负着十字架行走在世界边缘的穷人,却始终坚信耶稣就是他们的邻居。

在这里社会主义关于劳工福利的部分思想被敌对阵营偷走。
财富穿越了所有的边界,可是苦难却降临在个体的头上。

在这里他们对外颠覆别人的国家,对内让移民充满恐惧。
这牢笼是如此地美妙,里索斯①埋在监狱窗下的诗歌已经长成了树。

在这里电视让人目瞪口呆地直播了双子大楼被撞击坍塌的一幕。
诗歌在哥伦比亚成了政治对话的一种最为人道的方式。

在这里每天都有边缘的语言和生物被操控的力量悄然移除。
但从个人隐私而言,现在全球97.7‰的人都是被监视的裸体。

在这里马克思的思想还在变成具体的行动,但华尔街却更愿意与学术精英们合谋,
把这个犹太人仅仅说成是某一个学术领域的领袖。

在这里有人想继续打开门,有人却想把已经打开的门关上。

---

① 里索斯:扬尼斯·里索斯,见第168页注⑦。

一旦脚下唯一的土地离开了我们,距离就失去了意义。

在这里开门的人并不完全知道应该放什么进来,又应该把什么挡在
　　门外。
一部分人在虚拟的空间中被剥夺了延伸疆界和赋予同一性的能力。

在这里主张关门的人并不担心自己的家有一天会成为牢笼。
但精神上的背井离乡者注定是被自由永久放逐的对象。

在这里骨骼已经成为一个整体,切割一只手还可以承受,
但要拦腰斩断就很难存活。上海的耳朵听见佛罗里达的脚趾在呻吟。

在这里南太平洋圣卢西亚的酒吧仍然在吹奏着萨克斯,打开的每一瓶可
　　乐都能
听见纽约股市所发出的惊喜或叹息。
网络的绑架和暴力是这个时代的第五纵队。哈贝马斯[①]偶然看到了
　　真相。

在这里有人纵火焚烧5G的信号塔,无疑是中世纪愚昧的返祖现象。
澳大利亚的知更鸟虽然最晚才叫,但它的叫声充满了投机者的可疑。

在这里再没有宗教法庭处死伽利略,但有人还在以原教旨的命令杀死异
　　教徒。

[①] 哈贝马斯(1929—):尤尔根·哈贝马斯,德国哲学家、当代西方马克思主义主要代表人物之一。

我，雪豹……

不是所谓的民主政治都宽容弱者，杰斐逊①就认为灭绝印第安人是文明的一大进步。

在这里穷人和富人的比例并没有根本的改变，但阶级的界限却被新自由主义抹杀。
当他们需要的时候，一个跨国的政府将会把对穷人的剥夺塑造成慈善行为。

在这里不是所有的国家都能生产一颗扣子，那是为了扣子能游到凡是有海水的地方。
所有争夺天下的变革者最初都是平等的，难怪临死的托洛茨基相信继续革命的理论。

在这里推倒了柏林墙，但为了隔离又构筑了更多的墙。墙更厚更高。
全景监狱让不透明的空间再次落入奥威尔②《一九八四》无法逃避的圈套。

在这里所谓有关自由和生活方式的争论肯定不是种族的差异。
因疫情带来的隔离、封城和紧急状态并非为了暧昧的大多数。

哦！裂开的星球，你是不是看见了那黄金一般的老虎在转动你的身体，看见了它们隐没于苍穹的黎明和黄昏，每一次呼吸都吹拂着时间之上那

---

① 杰斐逊(1743—1826)：托马斯·杰斐逊，美国第三任总统、美国《独立宣言》主要起草人。
② 奥威尔(1903—1950)：乔治·奥威尔，英国小说家、社会评论家，其名著为小说《一九八四》等。

327

液态的光？
这是救赎自己的时候了，不能再有差错，因为失误将意味着最后的毁灭。

当灾难的信号从地球的四面八方发出
那艘神话中的方舟并没有真的出现
没有海啸覆盖一座又一座城市的情景
没有听见那来自天宇的恐怖声音
没有目睹核原子升起的蘑菇云的梦魇
没有一部分国家向另一部分国家正式宣战
它虽然不是二十世纪两次世界大战的延续
但它造成的损失和巨大的灾难或许更大
这是一场古老漫长的战争，说它漫长
那是因为你的对手已经埋伏了千万年
在灾难的历史上你们曾经无数次地相遇
戈雅就用画笔记录过比死亡本身更
让人触目惊心的、由死亡所透漫出来的气息
可以肯定这又是人类越入了险恶的区域
把一场本可以避免的灾难带到了全世界
此刻一场近距离的搏杀正在悲壮地展开
不分国度，不分种族，无论是贫穷还是富有
死神刚与我们擦肩而过，死神或许正把
一个强健的男人打倒，可能就在这个瞬间
又摁倒了一个虚弱的妇女，被诅咒的死神
已经用看不见的暴力杀死了成千上万的人
其中有白人，有黑人，有黄种人，有孩子也有老人
如果要发出一份宣战书，哦！正在战斗的人们

我,雪豹……

我们将签上这个共同的名字——全人类!

哦!当我们以从未有过的速度
踏入别的生物繁衍生息的禁地
在巴西砍伐亚马孙河两岸的原始森林
让大火的浓烟染黑了地球绿色的肺叶
人类为了所谓生存的每一次进军
都给自己的明天埋下了致命的隐患
在非洲对野生动物的疯狂猎杀
已让濒临灭绝的种类不断增加
当狮群的领地被压缩在一个可怜的区域
处于食物链最顶端的动物已经危机四伏
黄昏时它在原野上一声声地怒吼
表达了对无端入侵者的悲愤和抗议
在地球第三极可可西里无人区
雪豹自由守望的家园也越来越小
那些曾经从不伤害人类的肉食者
因为食物的短缺开始进入村庄
在东南亚原住民被城市化赶到了更远的地方
有一天他们的鸡大量神秘地腹泻而死
一个叫卡坦①的孩子的死亡吹响了不祥的叶笛
从刚果到马来西亚森林对野生动物的猎杀
无论离得多远,都能听见敲碎颅脑的声响

---

① 卡坦:卡坦·布马鲁,生于泰国西部,2004年1月25日六岁时死于H5N1,是首批死于这种病毒的患者之一。

正是这种狩猎和屠宰的所谓终极亲密行为
并非上苍的旨意把这些微生物连接了起来
其实每一次灾难都告诉过我们
对任何物种的存在都应充满敬畏
对最弱小的生物的侵扰和破坏
都会付出难以想象的沉重代价。

人类！你的创世之神给我们带来过奇迹
盘古开天辟地从泥土里走出了动物和人
在恒河的岸边是法力无边的大梵天①
创造了比天空中繁星还要多的万物
在安第斯山上印第安创世主帕查卡马克②
带来了第一批人类和无数的飞禽走兽
在众神居住的圣殿英雄辈出的希腊
普罗米修斯赋予人和所见之物以生命
他还将自己鲜红的心脏作为牺牲的祭品
最终把火、智慧、知识和技艺带到了人间
还有神鹰的儿子我们彝人的支格阿鲁
他让祖先的影子恒久地浮现在群山之上
人类！从那以后你的文明史或许被中断过
但这种中断在时间长河里就是一个瞬间
从青铜时代穿越到蒸汽机在大地上的滚动
从镭的发现到核能为造福人类被广泛利用

---

① 大梵天：印度教的创造之神、梵文字母的创制者。
② 帕查卡马克：南美印加人创世之神，被称作"制作大地者"。

从莱特兄弟为自己插上翅膀,再到航天

飞机把人的梦想一次次送到遥远的空间站

计算机和生物工程跨越了世纪的门槛

我们欢呼看见了并非想象的宇宙的黑洞

互联网让我们开始重新认识这个世界

时间与阶级、移动与自由、自我与僭越、速度与分化

恐慌症与单一性、民族国家与全球图景、剥夺与主权

整合与瓜分、面包与圆珠笔、流浪者与乌托邦

预测悖论与风险计算、消除差异与命运的人质

正是因为这一切,我们才望着落日赞叹

只有渴望那旅途的精彩与随之可能置身的危险

才会有足够的理由相信明天的日出更加灿烂

但是人类,你绝不是真正的超人,虽然你已经

足够强大,只要你无法改变你是这个星球上的存在

你就会面临所有生物面临灾难的选择

这是创造之神规定的宿命,谁也无法轻易地更改

那只看不见的手,让生物构成了一个晶体的圆圈

任何贪婪的破坏者,都会陷入恐惧和灭顶之灾

所有的生命都可能携带置自己于死地的杀手

而人类并不是纯粹的金属,也有最脆弱的地方

我们是强大的,强大到成了这个世界的主宰

我们是虚弱的,肉眼无法看见的微生物

也许就会让我们败于一场输不起的隐形的战争

从生物种群的意义而言,人类永远只是其中的一种

我们没有权利无休止地剥夺这个地球,除了基本的

生存需要,任何对别的生命的残杀都可视为犯罪

善待自然吧,善待与我们不同的生命,请记住!
善待它们就是善待我们自己,要么万劫不复。

哦,人类!这是消毒水流动国界的时候
这是旁观邻居下一刻就该轮到自己的时候
这是融化的时间与渴望的箭矢赛跑的时候
这是嘲笑别人而又无法独善其身的时候
这是狂热的冰雕刻那熊熊大火的时候
这是地球与人同时戴上口罩的时候
这是天空的鹰与荒野的赤狐搏斗的时候
这是所有的大街和广场都默默无语的时候
这是孩子只能在窗户前想象大海的时候
这是白衣天使与死神都临近深渊的时候
这是孤单的老人将绝望一口吞食的时候
这是一个待在家里比在外面更安全的时候
这是流浪者喉咙里伸出手最饥饿的时候
这是人道主义主张高于意识形态的时候
这是城市的部落被迫返回乡土的时候
这是大地、海洋和天空致敬生命的时候
这是被切开的血管里飞出鸽子的时候
这是意大利的泪水模糊中国眼睛的时候
这是伦敦的呻吟让西班牙吉他呜咽的时候
这是纽约的护士与上帝一起哭泣的时候
这是谎言和真相一同出没于网络的时候
这是甘地的人民让远方的麋鹿不安的时候
这是人性的光辉和黑暗狭路相逢的时候

我，雪豹……

这是相信对方或质疑对手最艰难的时候
这是语言给人以希望又挑起仇恨的时候
这是一部分人迷茫另一半也忧虑的时候
这是蓝鲸的呼吸吹动着和平的时候
这是星星代表亲人送别亡人的时候
这是一千个祭司诅咒一个影子的时候
这是陌生人的面部开始清晰的时候
这是同床异梦者梦见彼此的时候
这是貌合神离者开始冷战的时候
这是旧的即将解体新的还没有到来的时候
这是神枝昭示着不祥还是化险为夷的时候
这是黑色的石头隐匿白色意义的时候
这是诸神的羊群在等待摩西渡过红海的时候
这是牛角号被勇士吹得撕心裂肺的时候
这是鹰爪杯又一次被预言的诗人握住的时候
这是巴别塔废墟上人与万物力争和谈的时候
就是在这样一个时候，就是在这样的时候
哦，人类！只有一次机会，抓住马蹄铁。

是这个星球创造了我们
还是我们改变了这个星球？

当裂开的星球在意志的额头旋转轮子
所有的生命都在亘古不变的太阳下奔跑
创世之神的面具闪烁在无限的苍穹
那无处不在的光在天宇的子宫里往返

黑暗的清气如同液态孕育的另一个空间
那是我们的星球，唯一的蓝色
悬浮于想象之外的处女的橄榄
那是我们的星球，一滴不落的水
不可被随意命名的形而上的宝石
是一团创造者幻化的生死不灭的火焰
我们不用通灵，就是直到今天也能
从大地、海洋、森林和河流中找到
它的眼睛、骨头、皮毛和血脉的基因
那是我们的星球，是它孕育了所有的生命
无论是战争、瘟疫、灾难还是权力的更替
都没有停止过对生命的孕育和恩赐
当我们抚摸它的身体，纵然美丽依旧
但它的身上却能看到令人悲痛的伤痕
这是我们的星球，无论你是谁，属于哪个种族
也不论今天你生活在它身体的哪个部位
我们都应该为了它的活力和美丽聚集在一起
拯救这个星球与拯救生命从来就无法分开
哦，女神普嫫列依！请把你缝制头盖的针借给我
还有你手中那团白色的羊毛线，因为我要缝合
我们已经裂开的星球。

裂开的星球！让我们从肋骨下面给你星期一
让他们减少碳排放，用巴黎气候大会的绿叶
遮住那个投反对票的鼻孔，让他的脸变成斗篷
让我们给饥饿者粮食，而不是只给他们数字

我，雪豹……

如果可能，在他们醒来时盗走政客的名字
不能给撒谎者昨天的时间，因为后天听众最多
让我们弥合分歧，但不是把风马牛都整齐划一
当44隐于亮光之中，徒劳无功的板凳会哭闹
那是陆地上的水手，亚当·密茨凯维奇的密钥
愿睡着的人丢失了一份工作，醒后有三份在等他
那些在街上的人知道，谁点燃了左边的房
右边的院子也不能幸免，绝望让路灯长出了驴唇
让昨天的动物猎手，成为今天的素食主义者
每一个童年的许诺，都能在母亲还在世时送到
让耶路撒冷的石头恢复未来的记忆，让同时
埋葬过犹太人和阿拉伯人先知的沙漠开花
愿终结就是开始，愿空档的大海涌动孕期的色韵
让木碗找到干裂的嘴唇，让信仰选择自己的衣服
让听不懂的语言在联合国致辞，让听众欢呼成骆驼
让平等的手帕挂满这个世界的窗户，让稳定与逻辑反目
让一个人成为他们的自我，让自我的他们更喜欢一个人
让趋同让位于个性，让普遍成为平等，石缝填满的是诗
让岩石上的手摁住滑动的鱼，让庄家吐出多边形的规则
让红色覆盖蓝色，让蓝色的嘴巴在红色的脸上唱歌
让即将消亡的变成理性，让尚未出生的与今天和解
让所有的生命因为快乐都能跳到半空，下面是柔软的海绵。
这个星球是我们的星球，尽管它沉重犹如西西弗斯的石头
假如我们能避开引力站在苍穹之上，它更像儿童手里的气球
不是我们作为现象存在，就证明所有的人都学会了思考
这个时代给我们的疑问，过去的典籍没有，只能自己回答

给我们的时间已经不多,那是因为鼠目寸光者还在争吵
这不是一个糟糕的时代,因为此前的时代也并非就最好
因为我们无法想象过去最遥远的地方今天却成了故乡
这是货币的力量,这是市场的力量,这是另一种力量的力量
没有上和下,只有前和后,唯有现实本身能回答它的结果
这是巨大的转折,它比一个世纪要长,只能用千年来算
我们不可能再回到过去,因为过去的老屋已经面目全非
不能选择封闭,任何材料成为高墙,就只有隔离的含义
不能选择对抗,一旦偏见变成仇恨,就有可能你死我亡
不用去问那些古老的河流,它们的源头充满了史前的寂静
或许这就是最初的启示,和而不同的文明都是它的孩子
放弃3的分歧,尽可能在7中找到共识,不是以邻为壑
在方的内部,也许就存在着圆的可能,而不是先入为主
让诸位摒弃丛林法则,这样应该更好,而不是自己为大
让大家争取日照的时间更长,而不是将黑暗奉送给对方
这一切!不是一个简单的方法,而是要让参与者知道
这个星球的未来不仅属于你和我,还属于所有的生命
我不知道明天会发生什么,据说诗人有预言的秉性
但我不会去预言,因为浩瀚的大海没有给天空留下痕迹
曾被我千百次赞颂过的光,此刻也正迈着凯旋的步伐
我不知道明天会发生什么,但我知道这个世界将被改变
是的!无论发生什么,我都会执着而坚定地相信——
太阳还会在明天升起,黎明的曙光依然如同爱人的眼睛
温暖的风还会吹过大地的腹部,母亲和孩子还在那里嬉戏
大海的蓝色还会随梦一起升起,在子夜成为星辰的爱巢
劳动和创造还是人类获得幸福的主要方式,多数人都会同意

我，雪豹……

人类还会活着，善和恶都将随行，人与自身的斗争不会停止
时间的入口没有明显的提示，人类你要大胆而又加倍地小心。

是这个星球创造了我们
还是我们改变这个星球？

哦，老虎！波浪起伏的铠甲
流淌着数字的光。唯一的意志。